Amor
con cabeza
extraña

Miguel Mejides

Amor

LETRAS CUBANAS

con cabeza extraña

Primera edición: 2005

Edición y corrección: Ana María Muñoz Bachs
Dirección artística y diseño: Alfredo Montoto Sánchez
Ilustración de cubierta: Alicia de la Campa
Composición computarizada: Jacqueline Carbó Abreu

© Miguel Mejides, 2005
© Sobre la presente edición:
  Editorial Letras Cubanas, 2005

ISBN 959-10-1049-4

Instituto Cubano del Libro
Editorial Letras Cubanas
Palacio del Segundo Cabo
O'Reilly 4, esquina a Tacón
La Habana, Cuba

E-mail: elc@icl.cult.cu

Impreso en Colombia
Impreso por Editorial Nomos S.A.

¿Por qué no me has hablado, querida cabeza,
cuando todavía no yacías separada,
sino que reposabas sobre tu cuerpo?

THOMAS MANN

Las cabezas trocadas

*La Habana, verano o casi otoño
de un año a inicios del 0000*

1

YO NO ESTOY LOCO, eso lo pueden atestiguar los que bien me conocen. Mi familia siempre lo estuvo y doy gracias por no haber heredado ese mal. No obstante, mi alma se reveló el día en que me descubrí como el hombre más terrible de La Habana. Siempre padecí la predisposición a desconfiar de los espejos y en esa mañana el espejo del baño reflejaba un dolor de los que no se olvidan. Como reflujo de la última y pesada noche, mi cabeza y mi cuello experimentaban un maligno temblor. Por eso intenté remedios insólitos, desde hincarme de rodillas y lanzar proverbiales plegarias, hasta echarme agua caliente, friccionarme, y nada, el dolor seguía. Fue entonces cuando traté de enderezar mi cabeza. En un afán quise colocarla en el lugar justo y para mi sorpresa permaneció en mis manos. La puse a la altura del espejo, y la vi como si hubiera sido cortada por la mano que Dios extiende para el bien o para el mal de las criaturas como yo. Devolví la cabeza a su sitio y ya en ese momento el dolor había desaparecido.

—Estoy vivo —dije y nuevamente me deshice de la cabeza. Con esa sensación me apresté a bañarme. La acomodé a un lado, sobre las baldosas, y me duché. Gozaba con la música del agua. Luego regresé a la cabeza y cepillé sus dientes, a puro tacto, y de igual forma limpié sus orejas y finalmente la peiné. Así la devolví a su cuello. Abrí la puerta del baño y encontré a mi mujer.

—Tu hernia en el ombligo es un asco —fue lo único que me dijo.

Al rato marché en mi bicicleta a la destartalada oficina de la OFICODA, perdida en los laberintos de la fábrica de tabacos Partagás, cercana al cine Mégano. Enfilé por Obispo, por esa vía peatonal, donde evadía a las negras vendedoras de fritangas, a los policías con el cantado oriental, a la anciana que con una Santa Bárbara en alto perennemente pedía limosnas.

Luego me encaminé hacia esa infinitud que es el Parque Central, con los cuervos sombreados sobre las palmeras. Miré el mismísimo Gran Teatro que mostraba sus torres enfiligranadas y sus ángeles sucios. Más adelante el Capitolio, y ya luego el cine Mégano, que en su cartelera anunciaba una película de Drácula.

—Volvió —me dijo el manco Lapera, alma y bedel del cine.

—¿Está bien la copia? —pregunté.

—¡Clarita, parece que el bicho va a salir de la pantalla!

Comenté con Lapera algo acerca de la noche y me alejé. En la entrada de mi oficina tropecé con toda esa gente que venía a solicitar su libreta de racionamiento. «Por favor, dejen pasar», dije con apremio, defendiéndome, tratando de abrir un cauce con mi bicicleta.

Me escudé detrás de mi buró, saqué la colección de cuños y me sentí como un elegido para custodiar el Santo Grial. A mi lado palpitaba Carmita Balboa, con sus crisis de asma y su letanía odiosa hacia los de afuera; detrás Carola Consuegra sonreía como una demente, gozando las felicitaciones por su celo con las bajas y altas en las libretas, por su maña para asistir y convencer a los que ya no tenían derecho a la ración diaria de escarmientos. Más allá Cundo el Gris, que se arrastraba hasta mi oído y me decía que en la tarde era la reunión fundacional de la Asociación de Trabajadores de OFICODA. «Tú eres de los primeros y algún cargo te darán», alardeaba. Y al final, separada por una mampara, la insigne jefa de la OFICODA, de la oficina, una mulata gruesa, enmanisada, pedosa, boca dura con los usuarios, los clientes, los demandantes.

—El primero —inauguraba el ruedo y afuera todos querían burlar los turnos, y acto seguido entraba un hombre de barba descuidada, con canas en las cejas, extraño, negro su pelo, ¡y esas canas en las cejas!

—Vivo hace doce años en La Habana —me dijo—. Vine de Santiago y desde el primer día visito este lugar y pido mi tarjeta de racionamiento, la de mi mujer, la de mis hijos, quiero una respuesta, comprenda, doce años, por favor...

Le ofrecí el UNO inmaculado para que se entrevistara con la jefa. «Yo nada puedo, es ella quien decide», me escudé en esa hipócrita justificación. Luego entró la mujer, así a secas, la mujer, enfundada en unas medias azules, eso, envuelto su cuerpo en ese azul, en ese tejido de nailon que la hacía parecer un embudo. Las medias trepaban desde su cintura hasta los hombros para brillar en la cobertura del busto.

—¿Traslado o inscripción? —le pregunté.

—¿Qué opinas? —respondió zalamera, estirando sus piernas—. No vengo a pedirte nada, es un acto legal —insistió la mujer—. Mira, aquí tienes una dieta de carne, firmada por un médico competente; una dieta de leche, firmada por otro médico competente. Es para mi pobre madre, que se muere y morirá comiendo carne y tomando leche.

Leí los papeles y me parecieron legales. Estampé los cuños y se los devolví.

—Enseguida empezará a recibir las cuotas —dije.

—¿Seguro?

—Seguro, cómo va a dudar de mi palabra —afirmé, y ella me ofreció una tarjeta color mantequilla: CHANTAL BRAILLER, MASAJISTA CON SERVICIOS A DOMICILIO. Se marchó envuelta en sus medias panties, removiendo la cintura, dislocando la cola, desordenando a mis compañeras de oficina en un revuelo de chismes y conjeturas. Aquella mujer era de otro planeta. Aún no sabía cuánto se iba a meter en mi vida. Mi sentido común debió precaverme.

Las tardes en la oficina eran tranquilas. No atendíamos al público y sólo nos dedicábamos a organizar la papelería. Nuestros archivos custodian los expedientes de ciento y pico mil almas. Indefectiblemente todo tenía entonces que facturarse a mano —creo que hoy es igual—, sin máquinas ni sumadoras, cálculo a punta de lápiz. De nosotros dependía la salud gastronómica de gran parte de la ciudad.

Tampoco podíamos fantasear con la idea de enfermarnos, porque La Habana se pondría patas arriba. Una pequeña huelga nuestra, lo comentábamos en un murmullo inaudible, sumiría la ciudad en la muerte. Las carnes se nos ponían de gallina al imaginar los abastecimientos dominados por gente sin escrúpulos.

—Debías decir unas palabras en la reunión de hoy, por ejemplo —me dijo Cundo esa tarde—, hablar de la importancia de nuestras oficinas. Gracias a nuestros archivos se puede saber el lugar donde vive cada ciudadano. Nuestros datos son fidedignos, puntuales, nadie escapa al control.

—Yo hablaría sobre las dietas que entregamos a los moribundos.

—Bien, si tienes esa obsesión necrófila habla de cómo los alimentamos —rezongó.

Ese día, a las tres en punto, solicitamos permiso para abandonar la oficina. Vehementes arribamos al Gran Teatro. En la puerta nos esperaba un vejete de respiración silbante, vestido de miliciano —ya aparecerá con mayor realce en esta historia—, que apenas nos miró. Le entregamos una vergonzante propina y él quedó a la custodia de nuestras bicicletas.

Más arriba, donde terminaba la escalera, una joven nos obsequió una flor, y entramos a un salón abrumado de polvo, tapizado de espejos y amueblado con sillas de tijera, donde hacía sus ensayos la compañía de ballet que radicaba en el teatro. Aún había allí dos bailarinas que recogían sus bolsos, muchachas altas, de piernas abiertas. Cundo me dijo que mirara a esos carajos de mujeres. La mesa presidencial estaba al final del salón, una mesa larga con un mantel verde y detrás un cartel: OFICODA SIEMPRE HA SIDO LA LLAVE DE LA IGUALDAD. «Es mío, inspiración mía. Inventé cada una de esas palabras», repetía Cundo como si quisiera convencerme de su proverbial inteligencia.

—Vamos a hacer historia —añadía, y sin terminar la frase llegó la comitiva compuesta por sexagenarios que se confundían en efusivos abrazos. En su mayoría eran vejetes con narices cundidas de espinillas, vestidos con manchadas guayaberas y poseídos por un nerviosismo parkinsoniano que no tenía piedad para sus manos. En verdad no recordaba a ninguno, o mejor, a casi ninguno, porque del grupo se separó Marcial Loforte, vino a mí, me palmoteó tres veces en el hombro

15

y me dijo: «Tú aún en la trinchera, en el oficio, me alegra verte.»

Marcial había sido mi primer jefe y ahora era embajador en no sé qué país, a lo mejor en Singapur, y tenía un traje brilloso y zapatos lustrados, no le faltaban dientes y olía a francés.

—Toma —y me regaló un bolígrafo que sacó de su chaqueta—. Es una Paper Mate, sé cuánto te gustan.

Trotando fue hasta la presidencia y abrazó a Cundo. Me señalaron. Yo sonreí como un carnero. Luego Cundo soltó una larga perorata en la que hablaba de devolver a la institución el prestigio y lugar histórico que nunca debió perder, y a intervalos elevaba el tono de su voz para criticar el parasitismo, las ambiciones, los males de la propiedad privada.

Así, Cundo se desdobló durante media hora, sin permitir a ningún otro intervenir. Sólo le cedió una oportunidad breve a Loforte, el ahora embajador, para agradecer su nombramiento como Presidente de Honor del Congreso. Cundo martillaba sus palabras, gesticulaba entre gritos onomatopéyicos. Al final pasó a nombrar al Comité Organizador. A mí me propuso como Vocal de Actas. Luego repartieron los potes de yogur de la fábrica Lucero. «¡Obsequio de hermandad proletaria, industria de la leche para la igualdad!», vociferaba Cundo.

Salí amargado de aquella reunión. ¿Qué demonios fui a hacer yo allí? ¿Por qué permití que me nombraran Vocal de Actas? Ah, no, me decía pedaleando con rumbo a la calle Obispo, mañana mismo renuncio, dejaré esa mierda y no permitiré que nadie me hable de congresos.

—¡Viejo, soy yo, tu fiel hijo! —escuché esa voz a mis espaldas y detuve el ciclo. A media distancia, bajo la luz de la mortecina tarde, pude observar en su real dimensión a mi hijo. Mi hijo con su boca de comedor de helados. Mi hijo con el pelo hasta la espalda, un cinturón de cuero sobre la frente, la camisa abierta, los pelos del pecho al descubierto, con muñequeras ruinosas, con un pantalón que marcaba toda su masa testicular.

—¡Mi canción ya la tocan en la radio, gusta, me van a oír, voy a ser famoso! —dijo entusiasmado.

Le di un apretón en la cabeza y lo atraje. Sentí olor a caspa, el olor del pelo de su madre, y pensé si Mariíta no tentó al diablo y con ello logró la Santa Trinidad, sin nadie concibió a nuestro hijo, de ella solo, tan igual.

—Voy a ganar mucha plata, viejo —dijo, y luego reanudó la marcha. Yo miré su pelo batido por el aire de la tarde. «¡Famoso!» Se viró con la mano en alto y yo le respondí que sí, famoso, sí.

Al rato llegué a mi casa. Apenas Mariíta me vio, me dijo lo del hijo. Me deshice de la ropa, quedé sólo con las medias puestas y fui a la cocina. En una olla hervía el arroz blanco, en un caldero tiznado anidaba una masa amorfa de aporreado de carne y soya, y en otra, sacudidos por una tremebunda maduración, flotaban tres plátanos amarillos.

—Todo un banquete —me dijo complacida.

Sentí deseos de decirle que aquella era pura comida para puercos. Pero callé, qué iba a resolver. Me senté, me quité las medias y escarbé en mis pies.

—Estás en la luna de Belén —volvió a hablarme Mariíta.

—Sabes, pienso jubilarme, no resisto más —comenté.

—Si lo haces moriremos de hambre. Cuando no estés en la OFICODA no veremos ni los ojos de las vacas.

Mariíta continuó en los trajines de la cocina y yo la miré con la distancia de treinta años. Era la misma, pensaba ese día en que tantos entuertos y porvenires comenzaban a preludiarse. Me había casado con una Mariíta vieja, con las piernas regordetas, el busto grande. Mucho soñé en la juventud con una mujer alta, larga como una jirafa de mil corazones, y me casé con ella, la única que miró mis ojos, que creyó en mi cargo en la OFICODA, la única que supo aquilatarme o se equivocó al hacerlo. «El amor es cosa de películas americanas», entonces decía ella. «Vivir junto a ti y tener un hijo es mi sueño, lo otro es cine, y al cine se va para olvidar.»

Pienso que algo así la conformó y yo en aquella época me aprestaba al amor tarde en la noche, horario que a ella le gustaba. Abierta Mariíta en la cama, tapada hasta el cuello, y yo quitaba la sábana y descubría esa redondez rosada, dándole palmadas, estirando sus tetas, y luego dormir, con pijama, con tos, escupiendo.

—Nuestro hijo puede que llegue a ser como John Lennon —me dijo Mariíta aquel día para acabar de desesperarme.

—El John Lennon del Tercer Mundo —me burlé, y pensé que alguna vez tendría que matarla.

Ha pasado el tiempo y aún percibo el cine Mégano con su devoción de flor carnicera. Cada noche iba al encuentro de ese evangelio donde el Manco Lapera me guardaba un asiento en aquella sala oscura. Mi complicidad con el cine era un pretexto para huir de Mariíta. Pero en esa específica noche de la que hablo exhibían la clásica película de Drácula, que ya antes había visto anunciada en cartelera y que, en contraste con mis expectativas, pronto me hastió por los aspaventosos empaques del conde, y sólo me retenían los cuellos de blancura soberbia de las actrices.

Abandoné la sala con ese sabor que dejan las malas películas. Lapera me dijo al salir que la versión de Coppola era más perversa y extraña, nada del otro mundo, pero poderosa. Hice un gesto de que me daba igual. A fin de cuentas iba ahí para olvidar.

—¿Sabes? Estoy alquilando la covacha junto al cuarto de proyección —me dijo.

—¿Y dónde duermes?

—En lo de la Rubina, tanto hablar de mi libertad y la Rubina ha tomado en serio el que me quede con ella.

—¿Y a quién has alquilado?

—A un vasco, que paga puntual y con eso tiramos la Rubina y yo.

Hicimos un breve silencio y acto seguido irrumpió un hombrecito con cara de domingo, bigote y ojos negros y labio leporino.

—Lapera, ¿hay lío si una muchacha viene a dormir conmigo esta noche? —preguntó.

—Tarde —dijo Lapera—, después de la función —y remarcó las palabras—: ¡Y sin gritos!

Era el Vasco, el inquilino, que se carcajeaba.

—¡He encontrado una en el Nacional! ¡Ay, mi suerte! —exclamaba—. ¡Todos la tienen que conocer!

A la hora aparecimos en el cabaré Nacional, en los bajos del Gran Teatro. Yo jamás hacía vida nocturna, excepto mis visitas al Mégano. Por eso no me sentía cómodo. Nos recibieron unas mesas desportilladas y al final del salón mal divisábamos un escenario. Allá se desgañitaba una cuarentona vestida con un traje cuyo esplendor hacía mucho se había malogrado. El Vasco no se estaba quieto e insistía en que miráramos, sin saber nosotros de qué hablaba.

—¿Es o no el ideal? —se dirigía a Lapera.

—¿Quién? —decía este.

—¡La negra que está detrás, a media luz!

Seguíamos sin entender, hasta que la cantante terminó y salió al escenario una negra de apenas veinte años. Era una angelical muchacha vestida de colegiala: saya corta, blusón rojo y el pelo desrizado. Jamás una negra me había llenado de tantas percepciones. Mi ideal de las rubias se resquebrajaba. Ella dijo algo sobre la fortuna dubitativa del amor y comenzó a tocar el arpa, a entonar boleros.

—La vida es soportable si a uno lo quiere una mujer así —me dio por decir.

—A mí me han querido todas las mujeres, antes y después del muñón, y las he perdido por mi apego a la soledad de los cines —me respondió Lapera.

Durante buen rato la arpista recordó la música de la Isla. El arpa y la muchacha se sustraían del envilecido cabaré, y parecían elevarse por encima de los tejados de La Habana, por encima de los laureles del Prado. Era música de las añoranzas, música de la vida y la nostalgia, de los embelesos.

—Afuera la noche debe ser una bendición —dijo la arpista al terminar y acercarse a nuestra mesa. Inmediatamente nos dispusimos a hablar con la mayor trivialidad, y luego —no sé cómo la conversación derivó por ese cauce— la negra arpista contó de su vida en el Conservatorio de San Petersburgo, de su profesor armenio, un verdadero genio, según sus palabras, que poco antes de graduarse le obsequió el arpa.

—Su condición fue que con ella sólo tocase música clásica, y mira en lo que he caído, me he convertido en una cantante de boleros.

—Alguna vez tocarás en la Filarmónica de Londres, lo presiento —dije por decir algo.

—Nada de eso, mi porvenir anuncia que toda mi vida transcurrirá alegrando noches de cabaré —me respondió con amargura la arpista.

Decidimos salir a caminar. El Vasco abrazaba a la negra por la cintura. Yo iba recostado al muñón de Lapera. No queríamos mirar las estrellas. La negra había dicho que si nos rendíamos a sus influjos, jamás ella llegaría a la Filarmónica de Londres. Bordeamos el Gran Teatro, paseamos junto a los árboles de los jardines del Capitolio, y aburridos por la noche regresamos a pelear con el tiempo en el Mégano.

Al llegar, subimos hasta el entrepiso y empujamos a la pareja hacia la habitación alquilada. Luego fuimos al cuartucho de proyección, y Lapera, silbando una melodía olvidada de Glenn Miller, movilizó el proyector y colocó al azar un rollo de la película que sería exhibida a la siguiente noche.

Marilyn Monroe deslumbró la pantalla con su lunar vicioso, con sus medias alzadas por los ligueros. Lapera me condujo hasta la sala y danzamos entre las lunetas vacías. Bailábamos como gente que nada sabía de la música, que sólo llevaba el compás de los extravíos y temores de su alma. Marilyn nos aquilataba desde la pantalla, como si las luces y el tiempo y la banda de sonido del filme nos fueran a fulminar.

Al otro día, Cundo me esperó a la entrada de la oficina: «¡Mira, fíjate, chico, has dado un alta de dieta falsa para la madre de una tal Chantal Brailler, oye, diste, aprobaste un papel que además de carne, brinda leche y hasta jugo de naranjas, te volviste loco, la mulata está que trina, acuérdate que el prestigio de un fundador no se puede ofender!»

Llegué al umbral de mi buró bajo el aviso de tal descalabro y escuché la voz de la mulata, que por detrás de la mampara gritaba que no quería verme, que desapareciera: «¡Anda y encuentra a la estafadora, te va la cabeza en eso, una nota al expediente, sal y resuelve así tengas que echar La Habana abajo!»

Me dirigí directo a la calle Amargura para localizar el 267. Chantal lo había anotado en la planilla. Al llegar vi una casa con todos los síntomas del desahucio, una casa enferma por los rigores del tiempo. Llamé a su recia puerta y escuché una voz que viajaba desde lejos. Sentí un chancleteo y al fin se abrió la puerta. Pregunté por Chantal Brailler, y la mujer, una blanca de escotes abiertos y con rolos en la cabeza, me dijo: «¿Chantal qué?» Luego llamó a la que debía de ser la hija, una muchacha escuálida, en pulóver y con un short escurrido entre los huesos de las nalgas, y también dijo no conocerla, que jamás había oído semejante nombre. Sólo atiné a nombrar a la madre, la beneficiaria del kilo de carne. «La señora Isabel Pantoja», dije. Entonces la mujer de los escotes contestó que mejor hubiera comenzado por allí, eran las antiguas inquilinas de esta casa, la vieja murió hace poco. Nosotros permutamos con ellas, dejamos un soberbio apartamento en el Vedado, con teléfono y gas, y nos metimos en esta ratonera. La muchacha, por no ser menos, agregó su dosis de animadversión: «Usted a quien busca es a Bellecita, así le dicen a la hija, Bellecita, *la Masajista,* la más viperina lengua de La Habana. Vaya a Línea, al edificio de junto a la gasolinera, apartamento 32, allí la encontrará.»

Me quedé sin decir nada. La muchacha de los huesos en las nalgas quitó del medio a la madre y se asomó, y observé cómo se marcaban en su pulóver unos pechos tiernos, como si no tuvieran pezones, como si fueran el producto de algún ariete natural. Ansiaba tocar aquellas hermosuras, llevarlas a mi boca y lactar.

Con esa visión caminé por las calles que me conducían hacia la barriada del Vedado. Arribé al edificio descrito por la muchacha, donde encontré a una señora que mantenía a un *Bull Terrier* atado por una rolliza cadena. El perro no cejaba en sus esfuerzos de morderme. Le pregunté por el apartamento de Chantal y ella me informó que el ascensor estaba roto, que subiera hasta el piso tres, a la derecha, luego tuerza a la izquierda, y al final, me dijo, está el consultorio que busca.

Así hice, no sin antes perderme, hasta que finalmente encontré, entre rejas y alarmas, el dichoso apartamento 32. Ingresé —y aquí comenzó una mutación en mi manera de asimilar la vida y sus rigores, mis propios recelos— y me encontré una pieza decorada con jarrones chinos y un cuadro de una naturaleza muerta: naranjas y manzanas en un tiesto. Y lo más significativo: un sofá donde yacían acomodados tres ancianos, a quienes pregunté si era el apartamento de Chantal Brailler. A coro me dijeron que sí.

Me senté a esperar a que se abriera la puerta que debía ser del consultorio. Así permanecí por más de media hora, hasta que de esa puerta salió otro vejete. Hablaba algo en una lengua desconocida, renqueaba. Finalmente vi asomarse a Chantal. Pidió que entrara el próximo y la interrumpí diciéndole: «Por culpa suya tengo líos que me dejarán sin mi trabajo.» Ella me señaló que la siguiera. Ya adentro del consultorio, como una pitonisa, puso sus manos en mi cuello. «Tienes escoliosis y algo más», me dijo, manipulándolo. Temí que mi cabeza se desprendiera y me aparté. En ese instante la observé a lo legítimo. Las medias panties se le filtraban en el pozo de mercurio de sus entrepiernas. Debía pesar como tres kilos aquella franja palpitante. Miré sus pechos con las areolas marcadas, y su rostro, los ojos brillantes en ese rostro, y el pequeño bigote debajo de su nariz. Por momentos creí que era una gata lista para saltar, pero no lo hizo, prosiguió oronda a mostrarme su consulta: la cama grande para los enfermos incurables, la lámpara de quirófano sobre esa cama. Detrás, en un rincón, languidecía un verdadero herbolario, de la pared colgaban esquemas de acupuntura con las palabras sagradas del Tíbet, y en una mesa moría en el olvido la maqueta de una próstata señalada con puntos rojos y azules.

—Es mi reino —me dijo.

—Sí, magnífico reino, pero necesito el papel de dietas que le di ayer —le exigí.

—Sabes, los chinos descubrieron que hasta los cien años el hombre puede procrear —insistió sin hacerme ningún caso.

—Bien, pero deme el papel y olvidamos todo —repetí.

—Hagamos un trato —declaró ella muy circunspecta—. Yo te devuelvo el papel, eso haré —fue hasta la mesa de trabajo, abrió una gaveta y me lo extendió—, pero me tienes que prometer algo. A ver, digamos, al tocarte el cuello descubrí un secreto, supe que hoy viste a una muchacha huesuda y que vienes cansado de caminar. Pero hay un gran secreto en tu cuello, algo anormal o a lo mejor algo muy normal, pero que tú sólo has descubierto. El trato, en fin, es que salgamos…, digamos que esta misma noche.

Yo no hablaba.

—¿Dónde te gustaría encontrarme?

Seguía sin hablar.

—Ya sé, frente al hotel Plaza. Llegas ahí y me haces creer que me ves por primera vez. A las ocho, allí te espero —me despidió.

Pasé la tarde pensando en la locura a que me veía expuesto. Le entregué a Cundo el recuperado documento de dieta, y él, sin dejar de molestarme, decía que lo estaban llamando de ARRIBA, que tendríamos todo lo que necesitáramos, TV, periódicos, pero que era necesario agilizar el Congreso. Le contesté que contara conmigo. Luego me mostró una llave y me exigió que adivinase de dónde era. «Di, vamos, echa a andar tu imaginación.» Yo, sin saber qué decir. «¡Del Plaza, hombre, nos acaban de dar una habitación en ese hotel como oficina, tómala, ve y haz una copia! ¡Los dos con llave de hotel!», alardeó.

Meditaba si era casualidad o conspiración que Chantal me hubiera citado para esa noche frente al Plaza. «¿Alguna fuerza oculta querría cobrar mi vida?», me interrogaba.

En la esquina de la Engañadora, donde nació el cha-cha-chá, en Prado y Neptuno, detuve mi bicicleta e hice una copia de la llave. Luego seguí hacia mi casa. Al llegar, mi valetudinario tocadiscos RCA Victor retumbaba a todo volumen frente a una decena de muchachos que escuchaban un concierto sinfónico.

—¡Son mis hermanos de música! —gritó mi hijo, y pensé en Vivaldi, escuchaban a Vivaldi. Hice un comentario sobre la Peste y dije que Vivaldi estaba enterrado en Viena, muerto por la epidemia de la Peste, y ellos se miraron sin entender.

—¿Dónde está tu madre? —pregunté a mi hijo.

—Fue a la sesión espiritual, dijo que iban a invocar al mismo Kardec. Se emperifolló y hace como una hora se fue —respondió el muchacho.

Marché a mi cuarto, al único cuarto de la casa, porque mi hijo siempre había dormido en la sala. Pensé en la ropa de que dispondría para la cita nocturna. Abrí el armario y encontré la chaqueta con el cuello raído; extraje los únicos zapatos decentes que tenía, con los contrafuertes deshechos; eché un vistazo a la camisa verde, con el escudo de Irlanda bordado en el bolsillo; abrí una gaveta y vi los calzoncillos quemados por mi orina. No, así no se podía ir a una cita.

—Ahí te busca Cundo —se asomó mi hijo a la puerta. Salí y encontré a Cundo recostado al pasamanos de la escalera, sonriente, me ofreció un bolso e hizo un gesto de abracadabra. Mira, insistió, y vi un pantalón con la fecha en que fue patentada la marca impresa en una pegadura de cuero; dos camisas a cuadros, un par de zapatos de un hule que imitaba al cuero, y medias, y: ¡virgen de los agradecidos!, un paquete de calzoncillos.

—¿Qué es esto? —sólo atiné a preguntar.

—El módulo, lo que te toca.

—¿Qué?

—Es la cuota que dan a cada uno del Comité Organizador del Congreso, es tuyo, para que andemos decentes en el hotel, en los salones, en nuestras reuniones con extranjeros, andar decentes.

—Pero yo no tengo plata.

—Es gratis —dijo Cundo eufórico—, y ahora dame la llave original, ¿hiciste la copia?

26

Respondí con un sí cansado y le entregué la llave.

—Si puedes, date una vuelta por el hotel y diles que conecten un fax —me ordenó.

Regresé a mi habitación y comprobé que la ropa me quedaba justa. Me probé los zapatos y me estaban grandes. Rellené las puntas y me los volví a poner. Sólo faltaba un sombrero, un sombrero me daría elegancia. Me toqué la cabeza, intenté hacerla girar, y vi que no cedía.

A las siete y un poco salí de mi casa. Había agregado a mi indumentaria el viejo reloj Poljot que no funcionaba, pero que me brindaría aire de persona decente. Ya a la altura de la estatua de Albear —el Ingeniero que hizo el Acueducto de La Habana—, topé con alguien vestido igual a mí. Sólo nos diferenciábamos por un portafolio color gorila que él ccñía. El hombre me ofreció disculpas. Hice por continuar, súbitamente me volteé y lo descubrí observándome. Crucé la calle y me refugié en la Manzana de Gómez. Me parapeté tras una vidriera y comprobé que efectivamente el hombre me seguía. Ahora estaba seguro de que no era casualidad lo del hotel Pláza y Chantal, la habitación, el módulo de ropa, el propio Congreso, el Vasco, la negra arpista, el Mégano, todo. El hombre se sorprendió al volver a tropezar conmigo. Se repuso rápido y a boca de jarro me preguntó:

—¿Tú no eres Becerro Flores, el del Congreso de la fábrica de muñecas Lilí?

—Yo no —dije pegándome a los cristales.

—¿Seguro? Mira, aquí traigo —y señaló al portafolio— la orden de entrega del módulo —ahí de nuevo la palabrita—, de los yogures, quesos crema y mantequilla que se van a regalar a los vanguardias en el Congreso de la fábrica de muñecas.

Pensé que estaba metido en otro lío. Me distancié del hombrecito y fui a dar a los bancos frente a la estatua de Martí en el Parque Central, para desde ahí vigilar la entrada al Plaza. Era la hora en que el cercano Prado se deshacía del letargo diario. Los viejos carros de alquiler con sus agonizantes carburadores no pasaban, los bicicleteros chinos —así nombraba a los que habían armado sus triciclos para cargar turistas— comían panes con alguna sustancia imitativa de la carne. El parque no tenía a nadie y albergaba a muchos. Los transeúntes giraban como los que se saben condenados. En ese instante se plantó a mi lado una mulata con los labios llenos de pintura gris, la barbilla aceitada, y me preguntó la hora. Mentí diciéndole que faltaba poco para las ocho, y ella observó mi pinta, fijó su vista en mi Poljot, hizo un mohín y siguió su camino.

Volví a mirar hacia el Plaza y ahí estaba Chantal con unas nuevas panties rosadas, cruzando la calle, deteniendo el tráfico, los chóferes mirando sus curvas, sus ojos de misa cristiana, sus gestos de matrona del masaje, sus manos vivificadoras de próstatas para amores irrealizables.

—¡Contra, creí que no vendrías! —dijo Chantal al llegar hasta mí—. Vamos al cine —dispuso. Echó a caminar y yo la seguí. Sabía, lo intuía, que íbamos al Mégano. Chantal me hablaba de que tenía que olvidarse de comer langostas, que por horas mantenía su sabor en la boca.

—Las comí en el almuerzo y aún las siento aquí —dijo y se tocó la punta de la lengua.

Llegados al Mégano, el olor a marisco quedó velado al acercársenos el Manco Lapera y recibirnos con la mejor de sus sonrisas. Me dijo que hoy de nuevo estábamos invitados por el Vasco al cabaret Nacional. Fijó sus ojos en Chantal y agregó:

—Nos honraría también que nos acompañara.

Nos sentamos en el cine a oscuras y Chantal se adueñó súbitamente de mi dedo meñique y empezó a lamerlo. Chantal estaba bien, verdad que había regresado el olor a langosta, pero me gustaba su forma de sentarse. Lo hacía con las piernas entrejuntas, bien cerradas. En una arruinada revista *Vanidades* había leído que así se sentaban las mujeres decentes.

Cuando el filme concluyó —*Algunos prefieren quemarse*, Jack Lemmon, el Tony, la Monroe—, salimos a juntarnos con Lapera, que enrollaba el cortinaje de entrada de la sala para luego partir. En el Nacional encontramos al Vasco. Junto a él, a la preciosa arpista. El Vasco ni por un instante dejó de mirar a Chantal. Nuevamente el ron era servido a manos llenas. El Manco Lapera había comenzado a contar una triste historia. Nadie lo escuchaba. Sentí que me llamaban y me dije que había olvidado cuidarme. Me viré y vi a Cundo, acompañado por la escualidez de la muchacha de la calle Amargura donde fui a reclamar la dieta falsa de Chantal. ¿Era casualidad o conspiración?

—¿Los puedo acompañar? —dijo halando un par de sillas hacia la mesa. Éramos tres las parejas y aparte el manco Lapera, que de súbito se levantó y dijo que no había nada tan insoportable como escuchar boleros sin una mujer cerca. «Ahorita empieza esta negrita con su arpa, y yo solo, no. Me niego a la soledad. Me voy a buscar a Rubina, a la santa Rubina», dijo.

—¡Perverso! —aprovechó Cundo, y me dio una palmada en el cachete, no sin antes mirar provocativamente a Chantal. Yo no hacía menos y no dejaba de observar a la muchacha de los huesos en las nalgas, que simulaba no conocer a Chantal, o quizás era Chantal la que guardaba distancia.

—Tengo que ir a maquillarme —dijo la arpista, y dio un beso sonoro en el labio leporino del Vasco.

—¡Qué suerte! —exclamó el Vasco, y el labio leporino quedó sujeto a su dentadura. Se hizo un silencio incómodo, y fue la oportunidad que aprovechó la muchacha de los huesos en las nalgas para dirigirse a Chantal:

—¿Ya no te dicen la Bellecita?

—Oye —se arrinconó Chantal en mi hombro, sin responder—, mejor nos vamos.

Me hice el sordo y seguí absorto en la bebida. Pensaba de nuevo en las confabulaciones, en el tipejo que me preguntó si yo era Becerro Flores, de la fábrica de muñecas Lilí; pensaba en esa muchacha con los huesos en las nalgas y sus deleitosas pechugas, en el propio Vasco, que podía no ser vasco; en la misma Chantal y su clínica de ancianos. No, nada era natural.

—¡No soy decente! —dije de súbito.

—En el horóscopo chino eres tigre, y por eso deja de beber, los tigres no pueden con el alcohol —me reprendió Chantal.

El cantinero trajo un nuevo pedido. Me serví un triple largo, un haz de luz se vio arder en el fondo del salón y apareció la arpista. Sus manos sobre el arpa entonaron un bolero. Luego me abarcó un beso con aroma a colonia de vetiver. Era Rubina, que recién arribaba junto a Lapera. Observó mi forma de mirarla y me aconsejó prudencia. Yo hasta aquel momento nada sabía de ella. Por eso me quité abruptamente la cabeza y la hice girar en una de mis manos y todo dio vueltas. Sentí que me zarandeaban y me vi en el cuerpo de Chantal, y ya, sobre mi cuerpo, vi la cabeza rubia de Chantal. Los demás, todos, también se libraron de sus cabezas, la arpista negra con la cabeza del Vasco, y sobre la mesa, cantando, la cabeza negra de la arpista. El Manco Lapera se había negado a entrar en el juego. Reprendía a Rubina, que había quedado sin cabeza, desierta en la soledad de su desnudo cuello.

2

RECUERDO EL SIGUIENTE AMANECER con extrema claridad. Estaba tirado sobre las sábanas de la cama imperial en la habitación del Plaza, donde me examinaba para cerciorarme de que no había perdido nada de mi figura. Allí mi hernia, mi abdomen malsano, mi cabeza que al fin había regresado a mis hombros. Del baño viajaba el eco de un torrente de agua. «¿Quién podría ducharse a esa hora?», me decía.

Vagamente evocaba el abarrotado mundo nocturno del cabaré Nacional. Recordaba a Chantal como una perplejidad aparecida para desordenar mis habilidades. «¿Quién era yo en ese momento?», me preguntaba y vi abrirse la puerta del baño. Era Chantal que surgía envuelta en una toalla. Vino con desparpajo hasta la cama y tomó las medias panties y comenzó a colocárselas. Observé que Chantal no poseía el cuerpo celeste que yo había imaginado. Tenía grasa en las nalgas y en la cintura. Toda ella mostraba el rezumado de un esplendor ya inexistente. Sin embargo, aún era una mujer hecha para el placer. Chantal se estiraba como una contorsionista y las panties subían poblando sus caderas, arrebatándose en el bajo tetamen hasta ceñirse a su cuello como un escapulario.

—¡Pazguato —me dijo—, te acomplejaste anoche, diste la lata, no hacías más que llorar para que yo te devolviera tu fea cabecita!

No podía ordenar mi memoria. Chantal me reveló cuanto había acontecido, el desconcierto en que dejé sumido el cabaré. Luego habló de sus ancianos, que ya era tarde, que pediría un taxi, que aquel día iba a ser largo.

—Por favor, recupera la autorización de dieta para hacer una rica comida, tú y yo a solas en mi casa —se despidió.

Fui a ducharme como un ser a quien le queda sólo una sensación de vértigo. «El alcohol es enemigo del alma», repetía. Después de cada borrachera, juraba no volver a beber y siempre regresaba. Echaba en falta mi navaja para quitarme la barba. Abrí la pila del agua caliente de la bañera y escuché que tocaban a la puerta de la habitación. Marché desnudo hacia ella. Abrí y encontré a un joven. El joven me dijo inquieto, evitando mi impávida desnudez, que sólo molestaría por un momento.

—Coloco el telefax y me voy —afirmó.

—¿Quién lo ordenó? —pregunté.

—Supongo que usted, de anoche es la orden —respondió el joven. Dije un sí seco y regresé al baño. Comencé a ducharme y presentí un ojo secreto que seguramente había observado las escenas mías con Chantal, que seguramente ahora me miraba. Al salir del baño, vi un reluciente fax sobre la mesa del espejo. Decidí vestirme con la misma pereza que me dominaba esa mañana. En eso estaba, cuando observé que el aparato de fax recibía un mensaje de la fábrica Lucero. Me pregunté cómo ese intruso que había encontrado frente a la estatua de Albear había localizado el número, cómo sabía sobre el aparato de fax. Sólo él podía haber redactado ese aviso con promesas de igualdad y yogures. No podía ser de otro, era suyo.

Retorné a mi casa, y al plantarme ante el rellano de la puerta, mi hijo me anunció que había compuesto un nuevo rock. Se regodeó en su vanidad echándose el pelo para atrás y desapareció por la escalera. Mariíta acababa de despertar. No me preguntó por qué había dormido afuera. Dijo algo de Kardec, de la reunión espiritista. No la escuché, quería cambiarme de ropa y huir.

—Sabes —continuó Mariíta—, Kardec no es un vejete, no, lo vi, es un tipo joven y moderno. Apareció de lo más bien compuesto. Eso sí, habló de la libreta —y ahí sí puse atención—, declamó una serie de tragedias que se avecinan con los abastecimientos.

A las doce y un poco regresé a la calle. Fui al hotel Plaza, no sin antes pasar por mi oficina. En ella apalabré a Carola Consuegra y en minutos tenía en mis manos una dieta de enfermedades terminales, la dieta para las carnes, los jugos, todo para morir sin ayunos. Legalizada para que no descubrieran el fraude, hice un esfuerzo y por primera vez acaricié las sienes de Carola.

—Ojalá siempre te acuerdes de mí —dijo ella con voz apasionada.

Satisfecho, llegué a la habitación del Plaza y encontré a Cundo junto al telefax. A su lado estaba la muchacha de los huesos en las nalgas. Cundo no cabía en sí de regocijo. Empezó a explicarme que estaba recibiendo mensajes de solidaridad con el Congreso desde todos los confines.

—No te ilusiones, en verdad lo que somos es un Congreso de gente olvidada —en mala hora se me ocurrió decir.

La muchacha me reprendió:

—¡Olvidadizo eres tú, que te fuiste del cabaré y hasta la madrugada estuvimos armando tu desbarajuste!

No me animaba a discutir. Era mejor irme. Seguramente ellos deseaban hacer lo suyo. Al marcharme, la muchacha de los huesos en las nalgas le exigió a Cundo que me explicara las reformas.

—Mira, Juan Tristá —nombrarme así me supo a traición—, Rita —y señaló a la muchacha— es despabilada, por tanto, si no te pones bravo, la nombro como segunda mía. Cuando lo necesites, vienes y ya —continuó hablando Cundo—. ¡Tú eres un fundador y aquí siempre tendrás nuestro agradecimiento! —siguió Cundo en su parafernalia.

Lo interrumpí con un gesto de conformidad y me despedí. Fui al Mégano para tomar sosiego y luego seguir al Vedado. Toqué en la desvencijada puerta del cine y esta sólo devolvió el silencio. La empujé, llamé a Lapera y nadie respondió. Me asomé a la sala y vi un espectáculo que anteriormente, en las noches, en la media luz de la proyección, no había podido precisar. Las paredes estaban agrietadas, las planchas de zinc del techo dejaban entrar el sol. No existía misterio, sólo la certeza de una realidad sucia.

Volví a la entrada y me encontré a Lapera que de inmediato comenzó a insultarme. Quería asirlo por el muñón para calmarlo y se apartaba con ademanes groseros.

—¡Tengo a Rubina en la casa sin poder salir, metida en el armario, no quiere dejarse ver! —me dijo.

—¿Qué pasó?

—No aparece su cabeza, todos se acomodaron y su cabeza sigue perdida.

—¿Pero quién puede querer una cabeza de mujer? —reflexioné.

—¡Cualquiera! —dijo Lapera subiendo la voz—. ¡Tú iniciaste el juego y tú tendrás que encontrarle solución!

¡Trata de que aparezca su cabeza o van a pasar cosas muy feas! —concluyó amenazante.

Caminé sin descanso rumbo al Vedado, hasta convertirme en una imagen adhesiva frente al edificio de Chantal. Subí y la puerta del apartamento estaba abierta, y también la puerta de su consulta. Dentro descubrí a Chantal ante un anciano que descansaba apaciblemente sobre la cama. La lámpara, idéntica a la de un quirófano, estaba prendida y lo iluminaba con intensidad.

—Ahora termino, es el último paciente, ve —me instó ella a esperarla afuera.

Cuando transcurrieron cinco minutos, el viejo se marchó. Dijo buenas tardes y se perdió en la escalera.

—Ese tiene salvación —dijo Chantal desde la puerta del consultorio, lavándose las manos—, comprará un cuerpo joven de mujer y quizás sienta los veinte años en su sangre.

Fui hasta Chantal y le di un beso. Ella me dijo que estaba aburrida de su vida, que cada día tenía que ver los despojos de algo que alguna vez fue el amor. Teorizó sobre los glandes con formas de corazones, dibujados como pedazos de fibras, pertenecientes a seres que siempre soñaron con el bienestar de las caricias.

—Los otros, los diferentes, sufren, no se salvan —declaró muy convencida.

—¿Qué hay que hacer? —pregunté.

—Amar, Juan Tristá, entregarse.

—Nunca he amado —proclamé por primera vez.

—Lo sé bien, anoche lo sentí – dijo triste Chantal—. Parecía que nunca nadie te hubiera querido.

Me defendí extendiéndole la dieta médica, acuñada, revisada, asentada en los libros, lista para convertirse en carne.

—Es mi regalo.

—Sí, pero ahora ven, te haré el tratamiento homeopático, ven, acuéstate sobre la cama.

Obedecí, y me desnudé con tal premura que ella me pidió calma.

—Tienes que aprender sobre las artes del cuerpo. Quítate cada prenda como si fuera tu piel. Así gozarás infinitamente. Si no lo haces, serás un pecador que jamás sintió el goce del placer. Ahora duérmete, yo voy a llenar tus huesos con mi saliva.

Luego de una tarde de amor, sentí que flotaba. Chantal tenía la virtud del cuerpo y de la palabra, no obstante su aliento —esa vez fue de macarrones— envolvía las caricias y sus panties refulgían con un color rojo tormenta. Ella sabía dónde se conjugaban los deleites y, sin embargo, al huir de ella, al tomar distancia, Chantal se volatilizaba y sólo persistía el sabor a macarrones.

—Gastronomía y placer —me dije frente al Plaza, al que regresé de poca vergüenza. Ni Cundo ni la muchacha de los huesos en las nalgas se hallaban. Encontré una nota colgada del picaporte en la que Cundo me exigía que en la mañana estuviera en la emisora COCO, donde se me entrevistaría sobre el Congreso.

Prendí el televisor y me dormí frente a un programa de ejercicios aeróbicos. Al rato desperté; emitían un parte meteorológico. Nevaba en New York en pleno otoño. «¿Cómo será la nieve?» «¿En La Habana algún día nevará?», me preguntaba. Tocaron a la puerta y caminé hacia ella de mal talante. Al abrirla, vi al hombre de la Láctea. Palpitaba en sus manos el mismo maletín color gorila de cuando lo encontré frente a la estatua de Albear. Me lo ofreció sin darme tiempo a reaccionar y lo sentí pesado como una pelota de fútbol.

—Esto te concierne a ti, sólo a ti, yo no quiero más enredos en mi vida —dijo.

Abrí el maletín y lo lancé sobre la cama. El hombre de la Láctea lo tomó y sacó la cabeza de Rubina. El rostro de Rubina estaba medio envuelto en papel de aluminio dentro de una bolsa.

—Tendremos que conservarla en el refrigerador —dijo.

Acomodó la cabeza en el congelador y se sentó en el butacón junto al fax.

—Tendrás que llevársela, porque lo que soy yo no sigo cargando con ella —sostuvo.

—¿Cómo llegó a ti? —le pregunté.

—Anoche, en ese lío de los cambios de cabezas, me vi con ella en las manos y ya todos se habían ido.

—¿Entonces estabas en el cabaré?

—Digamos que sí.

—¿Quién eres?

—Irrealidad en su estado más puro. Sueño en su estado más puro. Pero ahora dejemos las pendejadas y llévale la cabeza a esa pobre infeliz.

—Ya ni sé si servirá.

—Ahora me voy, mañana se inauguran tres congresos y tengo que garantizar los productos —tomó el maletín color gorila y fue hasta la puerta. Desde allí, aún tuvo tiempo de exhibir su malevolencia—: Sabes, tu vida de ahora en adelante no será nada buena, lo presiento.

Después de mucho repensarlo, de ir dc un lado a otro de la habitación, partí en busca de Rubina. Tomé el trayecto más corto para llegar a la calle Soledad. Temí que algún policía me detuviera para indagar sobre lo que contenía mi bolsa. En las esquinas observé a los apostadores y jugadores de dominó, a las muchachas con sandalias recién estrenadas, a los viejos bebedores de alcoholes mezclados con queroseno. Y ya allí la calle Soledad, como si estuviera ligada al limo verde de la muerte. Casas hechizadas con lo enfermo, con los aires palúdicos que parten del sin fin del tiempo.

—¿Aquí es lo de la Rubina? —pregunté a la entrada de un edificio oscuro, sin alumbrar.

—En el primer piso —me encaminó una mujer. Subí, vacilé en la penumbra, empujé una puerta, y la luminosidad de una bombilla me encandiló.

—¡Al fin! —escuché una voz que maldecía al abrirme paso y que me precisó a sentarme en un taburete y me preguntó: «Bien, ¿lo lograste?» Vi a Lapera, al que mostré la bolsa. Llamó a Rubina, clamó para que saliera del cuarto. Mis ojos se acostumbraron a la luz, primero vi el muñón de Lapera, luego su rostro de película abrasada en la linterna de fuego del cine Mégano.

—¡Mujer, es Juan Tristá! —siguió implorando Lapera.

Rubina se dejó ver. Extraje la cabeza, la liberé del papel de aluminio y se la entregué. Rubina la devolvió a su cuello y la cabeza tomó un matiz bermellón, se alumbraron sus cachetes. Sin embargo, el agradecimiento seguía surgiendo del cuello, porque Rubina, desde la noche del cabaré, sólo hablaba por el cuello.

—No funciona —dijo Lapera.

—Tendrá que acostumbrarse, estuvo en el refrigerador —dije justificativo.

—¿En el frío? —dijo el cuello de Rubina.

—En el refrigerador, para que no se pudriera, para que se mantuviera en su propia carne —insistí.

—Nos has acabado la vida —me dijo Lapera con incontenida soberbia, como si un aire envilecido lo impulsara a matarme.

Decidí regresar a la calle Brasil. Al arribar a mi casa, encontré a mi hijo violentando el candado que mantenía unida la bicicleta al pasamanos de la escalera. Mi hijo intentó elaborar una excusa y yo le entregué la llave, le dije que viajara donde quisiera. Cerré la puerta detrás de mí y me percaté de que en la casa no había un ser viviente. Llamé a Mariíta y el silencio regresó junto al eco. Repetí la llamada y ya no había eco. Sobre la mesa de la cocina vi una nota:

Juan, sosiégate, todo fue de momento, me voy lejos, me enamoré de Kardec, por primera vez soy feliz. Perdóname.

MARIÍTA PÉREZ

Sin salir del asombro, fui hacia mi cuarto y me tiré sobre la cama. Durante años había ansiado que esto sucediera. Lo había imaginado de diferentes formas. Muchas fueron las veces en que pensé en el envenenamiento. Guardaba el arma de la estricnina dentro de una olvidada caja de zapatos. Sólo tenía que rallar ese fruto en el café de Mariíta o ponerlo en el azúcar y desentenderme de sus carnes trémulas, postergarla en un ataúd y seguir mi vida. Pero me faltó valor, o a lo mejor era desidia. Sin embargo, al marcharse Mariíta, al tenerla lejos, una pesadez, una tristeza, me empezaron a dominar. Comencé a llorar. Primero fue un quejido, un golpe que me subió hasta la nariz y los ojos, y ya me encontraba soltando mis lágrimas. Luego le sucedió el llanto escandaloso, convulsivo, a moco tendido. Me golpeaba como alguien que había perdido el conocimiento de la vida. Puse la almohada encima de mi cabeza y por una hora soporté aquel trance. Luego me calmé, paseé por la casa, por el pequeño apartamento, y pensé que mi vida desde ese instante era otra. Tendría que acostumbrarme a la soledad.

—¿Acaso no será lo mejor? —dije al descubrir en un segundo de lucidez que tenía ante mí todo el tiempo del mundo. Podría invertir mi vida en los sucesos más triviales, sin compromiso de alimentar a una mujer, sin compromiso de amarla, aunque fuese una vez al año.

¿Pero quién era Kardec? Imaginé a Mariíta acostada en un camastro desaliñado, con su monumental barriga. Kardec abrazando a mi mujer, a la madre de mi hijo, olisqueando sus sobacos. Me repugnaba ver así a mi mujer, a la que conduje al matrimonio con los pocos encantos de su juventud. Mi mujer que luchó por tener el hijo nuestro, que se sometió a aquel plan médico con las piernas en alto por meses para al fin parir. Esa era mi biografía, perdida al marcharse ella.

Luego quise descubrir una frase, un número telefónico que delatara la presencia del Kardec intruso. Eché abajo las cajas con viejas cintas, las cajas con ajustadores vencidos, con pantaletas deshechas, las cajas con recetarios de cocina, con los libros de la primera comunión, con los abalorios de los tiempos de niña de Mariíta. Nada logré. Allí, en aquel escaparate, estaba intacta su ropa. Una huida de novios, de gente esperanzada hizo Mariíta, sin tiempo para llevarse algo. En fila, sin ilusiones, su vestido de opal, los zapatos de tacones plateados, los blusones calurosos; el collar de perlas de fantasía trabajadas por las lenguas de las trazas. Era el sumario de la vida de mi mujer, pero ni un número telefónico, solo estampas de vírgenes con oraciones en que se hablaba de la santa unión del cuerpo con Dios. A lo mejor Dios era Kardec, o a lo mejor un dios negro se la llevó para hacerla pecadora. Uno de los delirios de Dios es poner a prueba todas sus criaturas. «Aunque», me interrogaba, «¿Kardec era negro o blanco?»

Cuando desperté, me dije que debía apresurarme. Si no andaba veloz no llegaría a la entrevista en la radio. En pocos minutos me vestí y miré a mi hijo que dormía como él sólo sabe hacerlo en la *chaise-longue* de la sala. Había un gato que lamía su boca. Le hablé al gato de pasada, le dije que en los templos egipcios eran venerados como reliquias. El gato no se dignó ni a maullar.

Llegué al Parque Central e hice señas a un taxi colectivo de los que viajan a Marianao. Era un De Soto que mantenía el mismo esplendor de los lejanos años cincuenta. Ya en ese momento no creía en la casualidad y menos en el destino, porque alante, juntitos, viajaban Mariíta y un hombre. Debía ser Kardec, seguro. Tenía deseos de hacer un desplante y que el taxi siguiera. Pero no, ¿por qué razón mostrar una culpabilidad que no era mía? Me senté detrás y observé las nucas delante de mí. Primero la del chofer, pelada, cubierta por un bonete color mostaza; la cabeza de Mariíta, con una permanente nueva; y resplandeciendo, con brillantina, a lo Rodolfo Valentino, el pelo lacio de Kardec.

Con intensidad fijé mis ojos en esta cabeza tratando de imantarla con mi odio. Kardec, molesto, movía sus hombros al ritmo de la levedad de su alma, más aún Mariíta, que se limpiaba con un pañuelito el sudor que se deslizaba entre los herrajes de una cadena imitación de oro en su cuello que jamás antes vi, que tuvo que regalarle Kardec.

El auto avanzaba con frugalidad y sólo se detuvo para tomar a una pareja de ancianos que vociferaban, discutían una decisión, que me impedían disfrutar el paisaje de la calle Línea, el paisaje del túnel hacia Marianao. ¿Y si yo dejara sobre los hombros de Kardec mi cabeza y tomara la suya? Así pensé durante buen rato, hasta que me sacudió un chirriar de gomas, y el chofer me dijo que ahí cerca estaba la COCO. Le pagué, metiendo mi cuerpo en la parte delantera, sintiendo el acre aliento de Mariíta, sin prestarle atención, haciéndome el que no la reconocía.

Pronto arribé a un portal lleno de placas conmemorativas de la época grandiosa de la COCO. Me recibió una recepcionista que escuchaba una melodía estridente en una radio portátil. Al verme lanzó un bostezo, y sin hablar —ni tampoco permitirme hacerlo yo— señaló un largo pasillo, por donde alcancé el estudio de transmisión.

Empujé la puerta y di con un locutor que articulaba un largo diálogo. Esperé a que callase y el locutor abrió las manos interrogativamente y yo sólo dije: ¡OFICODA! El locutor trasteó en una achacosa consola y puso música patriótica y me ofreció el micrófono. Me dijo un *diga* y yo repetí: ¡OFICODA! Hablé sandeces, repetí consignas del Congreso. Así hasta que retornó la música y abandoné la COCO.

Regresé en busca de mi cama como refugio a mis miedos. No tomé resuello para lograrlo, pagué otro taxi, crucé los sitiales conmensurables, el punto de unión de los teólogos que venden los Partagás en el Parque Central. Un minuto en esta Habana eran mil años, un milenio resumido en el cautivador juego de una hora. Vi mi casa, luego mi cama, y entonces afloró mi repugnancia por las palabras vertidas en la COCO.

Había dicho el discurso hipócrita que el locutor necesitaba. Sentía pena de mí y del futuro. Hacía mucho que juzgaba esa pena con el mismo rasero de las palabras que intoxicaban a los demás habaneros. En la vida no había hecho otra cosa que repetir lo que deseaban que repitiera. Siempre había aceptado la insensata y decadente disciplina. Yo siempre con deseos de ser otro. La oficina convertida en un viaje mal pagado de insultos, informe de bestiarios. Yo con el impulso de vestirme con una nueva aspiración. La Habana poblando mis sueños de quemar a un individuo y devolver a alguien que se detenía en medio de la calle y gritaba la aburrida vida que vivía, que clamaba por un cambio, que exigía su derecho a hacer de su existencia algo feliz y así desasir el sello de espíritu diseñado.

—Si al menos fuera perro —me dije en mi cama, y con timidez al principio, luego con desenfreno, empecé a ladrar. ¡Soy un Dálmata, un Lebrel Afgano! Una voz áspera desde el vecindario me mandó callar.

En ese momento llegó mi hijo. Vino como perro, ¿habría sido perro en la otra vida? Pero él no ladraba, hacía rock. Tenía la guitarra desenfundada, terciada en sus manos. Dijo algo que no entendí, tartamudeaba.

—¿Qué quieres? —le pregunté.

—Anoche vi la nota de mamá —respondió.

¡Lo mismo, oh, no, lo mismo! Le fui a decir que era lo mejor, que no nos entendíamos, que la pareja debe separarse al llegar a esos extremos. Pensé mil excusas para mi orgullo. Pero lo único que se me ocurrió decir fue:

—Creo que ella encontró alguien que la quiera.

Mi hijo me miró con una rara lejanía. Dejó la guitarra y se acostó a mi lado. Comenzó a llorar. Yo lo tomé por la cabeza y lo acerqué a mí. En ese momento se me ocurrió que debía quitársela, demostrarle que poseía un don idéntico al mío. La empecé a mover, a darle de un lado a otro, y la cabeza mantenía su firmeza.

—¡Me la vas a joder! —se quejó, y sin transición alguna, le dio por hablar de nuevo de su música, que componía una ópera rock sobre la Sagrada Familia, que estaba leyendo a Engels, los monos de Engels, en fin, la Sagrada Familia y la Propiedad Privada.

—Quiero traer a una muchacha para acá —me soltó de pronto.

—¿Cómo?

—Hace tiempo que andamos, y tú, papá, no podrás con los quehaceres, somos unos casos, y ella me quiere y es pintora, y cree en mi música.

—¿Vivir en la sala, dormir entre sábanas sucias? ¡Es realmente una locura! —le dije y de ahí exigí respeto para mi soledad, exigí mi cama, quería mi cama libre, lo despedí.

«Sería mejor ver las siete de la noche en el olvidado reloj de la Estación Central del Ferrocarril», me dije después de ducharme y sin pensarlo me fui en su busca. En la Plaza del Cristo me acechaban las muchachitas que proponían sus prestaciones. Niñas que se pintaban dibujos escoceses en las narices, estrellas del nacimiento de Jesús sobre los pezones, que malgastaban su juventud en desvergonzadas abluciones.

En las afueras de la Estación Central vi a los vendedores recogiendo sus cajas, que eran verdaderas tiendas de ultramarinos. En su salón principal contemplé los rostros de los viajeros marcados por el marbete de la agonía. Sus viajes podían comenzar en el amanecer o nunca.

—No hay nada peor que el grito que despierta el sueño irrealizado de un viaje —me dije.

45

Seguido a estas reflexiones, hice una larga cola para comerme una pizza. Al rato llegó la ansiada pizza. «¿Hay agua?», dije, y una dependienta me señaló el abrevadero, otra cola, y allí, en fila, yo, para tomar un líquido pegajoso. Alguien me tocó por el hombro y me dijo: «*Cleo de 5 a 7, Los 7 hombres de oro, Los 7 samurais*», y me viré y era él, no podía ser otro.

—¿Treinta años sin vernos, no? —respondí.

—Sí, más o menos —dijo Hugo Zambrano, aquel oráculo del Octavo A, aquel poeta en ciernes que reclamaba una lira para su voz, que reclamaba a gritos que le escucharan sus poemas, lanzados al aire durante los recreos en aquella escuela, poblando el mediodía con su voz de centeno, con los espejuelos oscuros, maltrechos, con su piel blanca.

—¡Caminemos! —clamé para apartarnos de la muchedumbre y el poeta dijo algo sobre las bestias que permutan el sol por el agua encharcada en los días de luna. Abandonamos el salón de espera, pasamos la puerta de entrada, y sobre los adoquines de enfrente a la estación, Hugo Zambrano señaló el cielo y allí la luna, grande, redonda.

—Es la misma de antaño —enunció.

—Entonces teníamos trece años —dije.

—Íbamos al cine y tú me contabas las películas, y las lunas de las películas en la pantalla de aquel cine del pueblo, aquel cine del que tu hermano era dueño.

—Te gustaba *Cleo de 5 a 7*.

—Tarareaba y tarareaba la canción y me decía que iría a París, que pondría gardenias en los metales de la torre Eiffel, que sanarían mis ojos al bañarlos en el Sena, que podría tocar la tumba de Víctor Hugo e ir, valga la imaginación, a la Corte de los Milagros. Sí, no era Cleo, era Cielo de 5 a 7. Sueño de 5 a 7.

—Sí, te decían Cleo o Cielo o Sueño de 5 a 7.

—Ya no veo nada, luego viajo por la Isla soñando que alguna vez el tren pierda su destino y corra sobre las olas y me plante en alguna estación de París.

Se quitó los espejuelos oscuros y mostró unos ojos azules.

—Son falsos, los míos se acabaron de marchitar.

—¿Te acuerdas del poema que dedicaste a María Zambrano, de la que decías era tu parienta? —evoqué.

—Siempre he sido un mentiroso, lo único cierto es que mi madre le lavaba la ropa a María Zambrano. Mi madre toda su vida fue sirvienta, la pobre, decía que mi ceguera y la poesía me asaltaron al juntar mi ropa de niño con la de María Zambrano.

—¿Y la luna?

—Debió ser igual.

—Te obsesionaba la luna.

—La luna allí —y Cleo la señaló en el lugar preciso del cielo.

—¿La ves?

—Es lo único que puedo ver, la luna —dijo e hizo una pausa larga—. Cuando quieras visitarme, ven a esa casa de cuartos interminables de allá enfrente. ¿La ves? —me instó y yo miré aquel rincón solariego, con un pórtico que parecía la entrada de un cementerio—. A lo mejor París está en la soledad de esas habitaciones. Uno anda tanto, y a lo mejor lo que quiere lo tiene cerca. Visítame y te cantaré de nuevo una canción francesa.

—¿Y tu tren a qué hora parte? —pregunté.

—Eso nunca se sabe, a lo mejor parte mañana o en una eternidad.

Después de dejar a mi amigo volví al Mégano —aunque ese día el Mégano no estaba en mis cálculos de elección. En su cartelera se anunciaba el más insulso y desconocido film: un drama egipcio como fin de tanda.

Al llegar me intrigó una mujer que cortaba los tiques en la puerta. Le pregunté por Lapera y ella me miró con falsa ternura. Me respondió que estaba atascado con un rollo que no se dejaba ver, y acto seguido contaminó sus palabras indagando con maledicencia sobre mi amistad con Lapera, que desde cuándo lo conocía, que quién era ese Vasco que habitaba el cine.

Aquella mujer me pareció la estampa viva de la simulación, una hipócrita que había fusilado a otros hombres, o a lo mejor sus palabras eran parte de una trampa que afloraría para destruir a todos en el cine Mégano. Volví a observarla y vi que su cuello era perfecto para manipular: largo y con algo de asombro. Por eso le seguí la corriente y hablé de la infinita lista de películas que había visto en esa sala del Mégano. Puse voz instigadora y dije que el Vasco era un terrorista internacional. «En San Sebastián ha colocado un sinfín de bombas y ha matado a más gente que la peste», proseguí. Ella se alebrestó, pidió más y yo le dije que era cuestión de averiguar y la dejé con la palabra en la boca.

En los portales del restaurante La Zaragozana pensé en el valor que acaudala el delator. El delator sufre una metamorfosis espiritual. Realmente el delator se manifiesta por ser alguien remendado, hecho a pedazos. Su vida sin interés lo lleva a la delación, a la felonía, al crimen, para ser reconocido, agasajado entre sus congéneres. Así me sentía en aquel instante.

Ante la puerta de mi casa, no fue poca mi sorpresa al comprobar que la cerradura no cedía. Toqué con insistencia y al fin la puerta se abrió. Vi a mi hijo. Me aclaró que estaba con su novia, que no lo abochornara. Le hice una seña de alivio y observé a la muchacha. De ella emanaba un profundo olor a promesas. Sus ojos eran de un verde que no aparentaba el verde, a lo mejor eran de un gris perlado. Su leyenda se sumergía en idiomas aprendidos por eternos emigrantes, idiomas que se difuminaban al no encontrar ellos belleza igual en los paisajes de sus travesías. Por eso aprecié los influjos de esa criatura y la miré una y otra vez. Luego les propuse que se quedaran en mi habitación. Presentí que allí la muchacha diseñaría la desnudez perfecta.

3

EN LA MAÑANA MI HIJO comentó conmigo que me había pasado la noche hablando en sueños, que no había hecho otra cosa que repetir la palabra «apasionarse». Pregunté la hora y él me dijo: «Las doce, por primera vez te levantas tan tarde.» «¿Dónde está la muchacha?», pregunté con falsa naturalidad, tanta, que mi hijo me respondió socarronamente que se había marchado, que había ido a dibujar hasta la tarde en la escuela de pintores de San Alejandro.

De inmediato partí. Hablaría con Cundo para encontrarles solución a los delirios y zozobras que me embargaban desde que comencé con lo del Congreso. Visité antes la oficina y allí saludé a las mujeres. Ellas me miraron con aire admirativo. La jefa era todo sonrisas y hasta me brindó café. Luego la jefa me dijo que Cundo me había dejado una nota la tarde anterior. En esta me impelía a ir hasta la imprenta La Libertaria, cercana a la Bodeguita del Medio, y que allí me entregarían un atado de pasquines.

En la imprenta, el administrador me endosó la papelería, una lata con engrudo y una brocha. Así recorrí el camino de los diáfanos católicos y llegué hasta el Convento de Santa Clara colocando un pasquín en cada esquina. En ellos había dibujadas manos anhelantes que se elevaban en una plegaria ante la palabra IGUALDAD. «Es el testimonio de la terquedad humana», pensé. Por eso lancé la lata, la brocha y los pasquines restantes, que un grupo de niños se disputó.

Regresé a lo de Chantal y me percaté de que no le había prestado la debida atención a su boca. Su boca era de oso hormiguero, sus labios eran ventosas con dermatitis. Parecía tener un remo en aquella boca.

—¿Comiste pimienta? —le pregunté.

—No, estoy segura de que fue él —respondió Chantal.

—¿Quién?

—Uno al que no lo despierta ni la misma reina de Saba. Vino desde México para que lo curara y mira como me ha dejado.

—¿Por qué no te buscas otro trabajo en que no haya mexicanos? —le sugerí burlón.

—No, chico, ganar doscientos pesos y estar en una oficina desde las ocho de la mañana hasta el fin de la tarde, luego regresar a la casa y morirme de hambre. Mira, nadie, escúchame, nadie, tiene una consulta como la mía. Nadie como esos ancianos agradece tanto. Esto es medicina para el cuerpo y para el alma.

—Pero la boca…

—Riesgos.

—Un día se te caerán los labios.

—Y a ti la cabeza.

—No es igual.

—Sí, lo único que aún no has descubierto tu poder.

—Mi pobre poder.

—Puedes ser un rostro de La Habana cada vez. Te conformas con el juego. Todos quieren tu poder. Anoche intentaron quitarse las cabezas en el Nacional y fracasaron. Sólo pasa contigo.

—¿Fuiste al cabaré?

—Sí, y te esperé hasta la madrugada y no llegaste.

—Sabes, mi hijo tiene una mujer en la casa.

—¿Bonita?

—Preciosa, un ángel.

—Eres un enfermo.

—¿Por qué?

—Me hablas de ella con deseos, es tu hijo, la muchacha de tu hijo.

—Sí, sin embargo, eres tú la única mujer que me gusta.

—No lo creo, mira como tengo esta boca.

—Te pondrás bien.

—Entonces te voy a besar con mi boca sucia, a lo mejor así me curo.

—Bésame.

—Cierra los ojos.

—¿Por qué?

—Caprichos, así no ves mi boca sucia.

—No me importa, quiero sentir tu boca sucia.

—Luego me obligarás a lo otro.

—Sí, seré un verdugo.

La muchacha no me vio desplazándome a través de la sala. Dibujaba sobre un evanescente hexágono de tela, reposado sobre un caballete. En la tela la muchacha se pintaba desnuda y a su espalda una pequeña cascada se precipitaba en una laguna vacía de vida. «Quisiera pasar el resto de mis días mirando esa figura de mujer», pensé. Fue cuando ella supo de mí y habló de marcharse. Le expliqué que no se preocupara, que estaría poco en la casa, que ahora mi razón sería andar toda La Habana, volver a sus calles hasta encontrar lo que buscaba y no sabía.

—Es un juego —me dijo ella.

Miré su pelo, el vestido que traslucía su busto. No hablé, sólo intenté apresar ese instante en que el pincel se entregaba a la voluptuosidad. La muchacha dibujada tenía en la cintura el tatuaje de un dragón, y frente, en miniatura, había una puerta de un templo hindú del Kajuharo. Me dominaban los deseos de saber qué había detrás de esa puerta. Ella, la muchacha real —o quizás menos real—, me habló de una ciudad prohibida a la que sólo se accedía por esa puerta.

—Allí se vive en el amor —me dijo.

Observé que en las manos de ella el pincel continuaba la ruta, y sentí pena de las mías, expuestas sólo a las despedidas, a no volver a ser jamás manos jóvenes. Recordé el reloj que marcó el arribo de mis quince años, el advenimiento a esa primera juventud. Recordé cómo esperé las doce de la noche frente a él, y el sonido de sus campanas señaló la lejana edad en que por primera vez tomé conciencia de que comenzaba a vivir.

Mirando a la muchacha, reflexioné que ya habían pasado más de treinta y cinco años de ese momento y seguía en aquel instante. En la oficina de la OFICODA había vivido en un iglú, en el hielo espiritual, conservándome en medio de la mediocre perversidad, para resurgir con atributos perfectos: las juveniles ansias de poseer el cuerpo mudo de una mujer joven. Y esa mujer estaba frente a mí, con su cintura de dragón. Pensar así me incitó a extender mis manos y tocarla.

—Las criaturas humanas no somos como los animales —me contuve con mi comentario—. Somos el tiempo devenido silencio.

—¿Sabes de los taoístas? —se entusiasmó ella y se ensimismó retocando su pintura. Sólo faltaba la argucia que escondía la palabra «prodigiosa», pensé. ¿Por qué no entusiasmarme y que ella me pintara en la puerta del templo hindú y que en una conferencia de amor surgieran las irradiaciones que convulsionaban el joven gozo de carne gozosa mía y que el Dragón con sus detonaciones me reconvirtiera?

—Tengo hambre y me falta bañarme, ir de nuevo hasta San Alejandro —regresó a hablar la muchacha y tiró el pincel.

—Te freiré un huevo —dije.

—Buenooooo... —ella alargó la *o* y fue hacia la otra puerta, la del baño. Cerrándola a medias, dejando un resquicio por donde salía la luz, se desnudó y se comprometió con el agua. Yo, como alguien irreductible ante las profecías, estaba junto a la puerta, asomado al resquicio, y miraba una corbata entre los pechos de la muchacha, una corbata desdibujada para alimentar al dragón. Como un hacedor de reliquias, rebuzné y quedé atrapado. En ese preciso minuto llegó mi hijo.

—¡El dragón! —Me defendí con la risa de un condenado y me escurrí a la calle. Ya no podría freírle el huevo a la muchacha, no miraría cómo la yema se evangelizaba en la sartén.

Caminando por la Brasil mía, vi al hombre de la Láctea que se acercaba en mi bicicleta. ¿Quién se la había dado? Le exigí una explicación y me dijo que acababa de tomarla prestada, que no me pusiera de ese talante. En el manubrio colgaba su maletín color gorila y su ropa era como la de un Pierrot.

—Pareces un payaso —le dije.

—Es mi día franco y me gusta gozar de lo raro —me respondió.

Me obligó a montarme sobre la parrilla y comenzó a pedalear. «Esta situación de desesperanza de La Habana es lo que más me gusta, tú no te das cuenta. La gente vive como si fueran los habitantes de un queso repleto de laberintos, de escondrijos donde las ratas dibujan su proyecto de Ciudad Láctea, la ciudad que condena e ilumina» —dijo y entonó las estrofas de un poema, las cantó más bien con voz nasal:

> *Abrí el postigo y con gentil revuelo,*
> *entró entonces un cuervo majestuoso,*
> *como en los santos días del pasado.*
> *No me hizo reverencia, ni siquiera*
> *un minuto vaciló. Con prestancia*
> *de dama o varón noble, se posó*
> *en el dintel, sobre un busto de Palas...*
> *Allí quedó posado, y nada más.*

Este hombre había recitado, mal cantado: *El cuervo*, de Edgar Allan Poe. Y para epatar, el hombre de la Láctea concluyó en inglés el poema:

...And my soul from out shadow that lies floating on the floor
Shall be lifted —nevermore!

De ahí empezó a hablar de sus mil vidas, de su nacimiento en Boston, donde fue conductor de carruajes repletos de leche de las vacas bostonianas, que más tarde emigró a New York y que en persona sirvió las pintas de leche cremosa a Edgar Allan Poe. Que en una de esas ocasiones el propio Poe —después de una soberbia resaca— le había leído *The Raven,* y que él lo único que había hecho era aprendérselo de memoria y que desde entonces lo recitaba, muchas veces apropiándose de la autoría.

En ese pasaje de su historia, detuvo la bicicleta porque un auto casi nos atropella. Pero siguió en su transcurrir. Dijo que había desembarcado en 1898 con las tropas gringas por Daiquirí, con cuatro mulas que servían para el trasiego de leche de la tropa. Que con esa tropa había recorrido todos los caminos de Santiago de Cuba y servido con prontitud y calidad la leche de las vacas isleñas. Que al terminar la guerra no quiso reembarcarse a New York y por eso escogió La Habana para su nuevo asentamiento. «Entonces», explicó como si leyera una doctrina, «en La Habana se andaba con las vacas al retortero y frente a las casas se ordeñaban y era una leche muy blanca, tanto o mejor que la leche bostoniana. Así por más de medio siglo, hasta que al fin pude hacerme de un viejo Zil ruso y me encomendaron la tarea de abastecer los congresos ya no sólo de leche, sino de los demás productos: quesos crema, yogures, y hasta *smetana.*»

—Aquí me ves hoy —dijo con suficiencia, tirando un corte ante un gran agujero en la calle—, sin pretensiones ni glorias, sólo con el deber de llenar los paladares con el gusto de la leche. Pero eso —y ahí volvió a la voz ceremoniosa— no me impide saber que sufres, que apenas duermes por los desconsuelos que trae una mujer extraña y hermosa en propia casa.

Avanzábamos por esas esquinas de fraile que protegen del sol a los habaneros. Él habló de conducirme al Gran Teatro, que allí bailaban las mujeres más hermosas de este mundo. «Te dejaré a su puerta para que te hartes con tanta belleza», me dijo.

Hizo una pausa y prosiguió:

—Tu hijo marchará mañana a Santiago de Cuba, allá quieren escuchar su música.

—¿Cómo lo sabes? ¿Qué me dices con eso?

—Nada, él no estará en la casa. Eres libre para hacer valer la impunidad —dijo.

—¿De qué impunidad hablas?

—La tuya, la que usarás hasta convertirte en un asesino.

Al arribar al Gran Teatro, advertí que las escaleras se cubrían con un torrente de muchachas. Reparé en cada rostro, tanto, que podría haber diseñado un atlas de las mujeres universales. Me satisfizo una pareja, no necesariamente de amor, que atravesó la calle rumbo a la Manzana de Gómez y que yo seguí, pareja que miró las vidrieras, continuó y se detuvo en la acera del Floridita, y al final marchó hacia el miserable itinerario de mi calle Brasil.

Yo sólo observaba al bailarín con frente de emperador y nariz cazadora, su boca rozagante. Un rostro como aquel era lo que necesitaba, una cabeza así para rendir por amor a aquella mujer joven que ocupaba mi cama.

Acompañado por esas reflexiones, me mantuve vigilando al bailarín y la bailarina, hasta que se despidieron un poco más allá de mi casa. El bailarín vino de vuelta y pasó a mi lado y lo aquilaté sobremanera, el bucle de pelo ensortijado que caía sobre su frente. Aquello fue decisivo para enrumbarme hacia una nueva determinación. Si deseaba un rostro como aquel —lo cual lograría, estaba seguro—, no podía seguir con mi asquerosa hernia. La propia Mariíta se burlaba de ella. Cómo enseñar mi cuerpo con aquel pedazo sacrílego de carne. Por eso entré a mi casa y requisé el botiquín. Hurté el cuchillo para deshuesar los pollos, revolví en el costurero y cargué con tijeras, hilos y agujas.

De regreso al Plaza, llamé a la puerta de la habitación del Congreso y nadie respondió. La abrí y fui directo hasta la bañera y la llené con agua caliente. Me desnudé y me dejé apresar en la hirviente agua. Era el momento de adoctrinar la sombra que enlutaba mi vientre. Pulsé el cuchillo y al fin escindí aquel taco de grasa, porque más que una hernia era una afrenta de grasa.

A las cuatro y un poco de la madrugada, había concluido la costura de mi carne. Me fue imposible reconstruir mi ombligo. Sólo uní mi piel. El agujero del ombligo podría tatuarlo en un futuro, pensaba mientras limpiaba de sangre la bañera y me aprestaba a irme, no sin antes cargar con el avituallamiento que colmaba la nevera de Cundo.

Pasé por la carpeta y observé a un anciano frente a un ejército de llaves. El anciano dormía con los ojos abiertos. Fue entonces cuando me percaté de que había olvidado el cuchillo en la habitación. Pero los ojos rastreadores del anciano me hicieron desistir de regresar por él. En mis manos llevaba los restos de la devoción extirpada. Era final de noche y todo estaba dominado por el aroma intraducible de la música. La ciudad hablaba en un murmullo sonero. Franqueé los portales del hotel y lancé el fervor recién cortado a un perro. El animal lo mordió y emitió un aullido, como si hubiera probado carne del diablo.

Desperté bien tarde y descubrí que tenía el vientre inflamado. Comprobé que estaba a solas y penetré en mi cuarto y miré el desorden en que se hallaba. Encima de la mesa de noche había una cartera de piel de chivo perteneciente a la amante de mi hijo. Volqué el contenido de la cartera y vi de qué estaba hecha la vida de la muchacha. Pude detallar cada partícula que la conformaba, cada inservible objeto.

—No es posible pintar el mundo si se poseen semejantes trastos —dije y pensé en los víveres que cargué de la habitación del Plaza y que en la cocina fijaban sus equilibrios. Me harté con los calamares, alargando mi lengua hasta los tentáculos, eché en falta la tinta, desprecié la salsa americana con que estaban hechos. Luego descubrí que tenía fiebre. Me coloqué el termómetro y marcaba cuarenta y dos grados.

«Me estoy cocinando», pensé y me sumergí en un estado de sopor. Parecía navegar por un canal largo, pleno de islas que nacían a medida que mi barca se adentraba en las aguas. Desde esas islas lejanas escuchaba una voz:

—Respira, la barca hipnotiza los apeaderos y traga las hojas del final del otoño.

Abrí mis ojos y vi a la muchacha, a la mujer de mi hijo. Vestía de fervorosa enfermera y rezaba un rosario con un Cristo en una cruz de cristal.

—¿Estamos en mi casa o en otro lugar?

—No, en un jardín chino.

Miré la insólita tela que descansaba en el caballete: un jardín chino frente a un estanque, un cerezo, una casa con una jarra artesanal a la puerta, un colchón de paja húmeda, y un nuevo autorretrato de la muchacha.

—Tú describiste ese jardín bajo el ardor de tu fiebre, una y otra vez hablabas de él y por eso pude pintarlo —me dijo.

—¿Por qué usas ese traje de enfermera?

—No, es un vestido que acabo de estrenarme.

—¿Y él?

—¿Quién?

—Mi hijo.

—En Santiago.

—Me gustaría morir en una cruz de cristal —comenté.

—Te pintaré sobre una cruz de cristal.

—Me gustaría no tener fiebre.

—Te pintaré sin fiebre.

—¿Habrá un espejo de sangre?

—Sí, el de Satán —concluyó mirándome con pena.

Pasé más de dos días observando la cicatrización de mi herida. Así, a la entrada del tercer día, me entusiasmé con la idea de una cura precoz. «¿Qué haré durante mis venideros viajes por esta ciudad?», me preguntaba. A lo mejor intentaría buscar un punto donde la perseverancia mutara al dragón de la muchacha y al fin ella sería para mí.

A la media hora estaba en la calle. Sentía en mi vientre los golpes de un conjeturado aviso. Temía que dentro de mí pudiera cohabitar un ser irreconocible, un engendro con las raras naturalezas de la prehistoria. No sin apuros, llegué frente a la cartelera del Gran Teatro que anunciaba al ballet joven en *Romeo y Julieta*. Miré los nombres del reparto e imaginé que uno de ellos era el del bailarín que rastreé por la calle Brasil.

Con esa idea proseguí al Plaza para enfrentar mi acto hipócrita. Al llegar vi en el lobby a una decena de periodistas. Todos hablaban sobre el Congreso. Eran parte de una raza que condensaba las palabras en una jerga sumisa. Seguí hasta la habitación, y sin anunciarme abrí de par en par la puerta y encontré a Cundo y a la muchacha de los huesos en las nalgas.

Ella dijo con voz ampulosa que los periódicos de mañana comenzarían L A C A M P A Ñ A, así en mayúsculas. Yo divagué, hablé del Lazareto del Rincón, lugar semejante a la Providencia, porque los enfermos se arrancan las carnes para aliviar sus dolores. Cundo y la muchacha me observaron como si yo fuera el portador de una epidemia, al hablar sobre un asunto que no venía al caso. El fax comenzó a rendirse ante un extenso mensaje. Cundo miraba con aire cínico el aparato. Al fin, tragó en seco y me descargó su mala devoción:

—¡Un Congreso al que apenas le quedan días para inaugurarse, un Congreso que han ordenado adelantar y tú perdido!

—Estoy enfermo, voy a morir —me defendí.

—Pura mentira, podías haber avisado, y para colmo se metieron aquí y robaron toda la comida. Hay enemigos. Hasta un cuchillo apareció en el baño, como si quisieran nuestras muertes.

—A lo mejor el Congreso nunca se hace —liberé el diálogo que me condenó.

Cundo dijo en un estallido:

—¡Dame la llave de la habitación, vete, anda, piérdete! —Se le inflamaron las venas del cuello—. ¡Dudar es lo peor, regresa a la oficina y púdrete!

La muchacha estiró la mano y allí coloqué la llave.

—Estoy enfermo, no puedo regresar a la oficina —supliqué.

—¿Cómo dices?

Guardé silencio.

—¡A lo mejor puede hacer de policía! —dijo la muchacha con una sonrisita chillona.

Cundo demoró en asentir.

—Lo único que tengo para ti —me dijo— es una plaza de vigilante en la sala del Gran Teatro, allí es donde vamos a celebrar el Congreso. Tienes que presentarte ante la Nuña, te subordinarás a ella.

—¿Quién es la Nuña?

—Una que ahora se hace pasar por maquillista. Una gran agente que te conoce bien, me dijo que habías estado en el Mégano y le hablaste del Vasco, de sus correrías en San Sebastián. Ve por ella y no me defraudes —me largó Cundo.

Al finalizar la tarde, la muchacha llegó al apartamento atiborrada de potes de pintura y pinceles. Me dijo que mi hijo la llamó a San Alejandro y le informó que andaba en una gestión que volvería a unir a la familia. De ahí me mostró dos entradas para la función del ballet joven en el Gran Teatro. Me explicó orgullosa que parte de la música del ballet había sido compuesta por mi hijo. Lo creí una broma, no era posible que él pudiera hacer algo útil. La muchacha me juró que era verdad y acordamos ir juntos a la función.

—Ahora te pido un favor —suplicó ella—, cuando te duermas esta noche, yo me sentaré a tu lado y pintaré los sueños que cantas.

Me relató que yo me inspiraba y como un juglar soltaba mis canturías. Acepté sin comprender del todo y ella se puso alegrísima y avisó que prepararía una comida rápida: pan, cebolla y calamares. Tenía intención de decirle que estaba harto de los calamares, pero desistí.

—¿Cómo sigue tu herida? —me preguntó y le mentí diciéndole que estaba casi sana. Luego la muchacha comentó que se afeitaría. La miré incrédulo y ella rió y corrió al baño y regresó con una navaja y una palangana llena de agua y jabón. Se levantó la falda y enroscándola en su cintura comenzó a afeitarse las piernas. Yo miraba sus muslos, fastuoso regalo. «Si pudiera dominar ese trueno húmedo que custodian esos muslos», pensé.

A las ocho estábamos en el Gran Teatro. Nos correspondieron los asientos finales de la sala. Por primera vez asistía al ballet. Toda una vida con el Gran Teatro cercano a mí y era esa la primera vez que entraba a una función. Durante largo tiempo el placer por la lectura había sido mi único fervor. Leía y por vanidad comencé a escribir. Jamás nadie vio esos fragmentos de mis recuerdos, los quemé con la saña misma de los vocablos ridículos y rimbombantes que usaba.

—Ya comienza la función —me avisó la muchacha y se apagaron las luces. Me percaté de que los jóvenes habían hecho una versión tan libre de *Romeo y Julieta* que apenas se podía conjeturar la esencia original. La danza comenzó desordenadamente, en el instante en que Teobaldo mata a Mercucio. El joven que yo había seguido a través de la calle Brasil interpretaba a Mercucio, quien duró apenas unos minutos en escena. Su muerte en duelo fue súbita y chapucera.

Lo comenté con la muchacha y alabé la belleza de Mercucio. Ella me respondió que realmente parecía un maniquí, alguien sin vida o que pronto iba a perderla. Luego la muchacha quedó absorta en la obra y no me brindó otra oportunidad para importunarla.

Yo me aburría. Mientras tanto dediqué mi tiempo a conquistar un espacio, avanzar sobre el maderamen del brazo de la luneta para sentir la piel de la muchacha, nuestros cuerpos rozándose como si fueran en realidad las extremidades de dos gemelos plenos de sensaciones.

Al rato, en un abrir y cerrar de ojos, arbitrariamente, dos utileros trajeron una cama, y allí Romeo y Julieta comenzaron a manosearse. Desde el final del escenario viajaba la estridencia de un rock que electrizó la sala, que la movió, que obligó a los espectadores a colocarse los programas impresos en los oídos.

—¡Es el rock de tu hijo: *Puertas del amor a las alubias!* —me dijo la muchacha.

La música seguía aturdiéndome, y en el escenario, sin tregua, en un disparate, Romeo y Julieta se encueraron. Dos estudiantes de ballet sólo con sus zapatillas y las vergüenzas al descubierto. La que hacía a Julieta era la amiga del bailarín, la misma de la calle Brasil. Había en ella algo que la convertía en un espíritu abatido por aquella música.

«Allí está», me sorprendí al ver a la que había nombrado Cundo como la Nuña. Me excusé con la muchacha y le señalé que iba al baño, que los calamares me habían sentado pésimo. Salí a encontrarme con la mujer a la entrada de la sala, y apenas verme señaló a la pareja desnuda y dijo de la Sodoma enemiga que pervertía la moral. Seguidamente me ordenó —parecía un sargento— seguirla a los camerinos. Allí tomamos un atajo, entre restos de viejas escenografías, y nos detuvimos justamente detrás del escenario.

—Cundo me explicó sobre ti. Para decirte verdad, yo no te quiero por aquí, pero él ahora manda. Cuando me llenes la cachimba, te vas y ya. Ese es el acuerdo —me dijo amenazante—. Hoy vigilarás la sala, no permitirás que nadie entre después de la función, y cuando digo nadie es nadie, la nada, la negación absoluta.

Al retirarme regresó el desentono del rock de las alubias y sin dejarme avasallar por la música volví a mi luneta y le dije a la muchacha que me sentía enfermo, que apenas tenía tiempo para marcharme. Ella decidió seguirme y comenzó otra prueba de mi penitencia.

Hoy creo que no hay separación entre el infierno y un jardín chino. Lo digo por lo que pasó luego de aquella noche de teatro. Frente a la puerta de mi apartamento saqué mi llave y la introduje en el picaporte, y al terminar de dar vuelta al atascado llavín y empujar la susodicha puerta, vi juntos, como venidos en un paquete postal, a Mariíta y a mi hijo.

—¡Pero tú aquí, cómo! ¿Llegaste a ir a Santiago? ¡Qué sorpresa, qué alegría, Dios mío! —exageró la muchacha.

A mi hijo se le pusieron rojos los cachetes de tanta vanidad.

—No fui a Santiago, algo me hizo desistir, y no sabía qué era, qué fuerza me impulsaba a desistir del viaje.

—¿Y que hiciste? —volvió a hablar la muchacha.

—Me bajé de la guagua casi al partir y cambié el rumbo. Fui a dar a Viñales, a un parque en Viñales, y perdí la noción del tiempo sentado en ese parque, frente al correo del pueblo, frente a un hotelito que parecía derrumbarse. Después, ante la puerta de ese hotel apareció mi madre —y mi hijo la miró como si fuera una reliquia— y la convencí de volver.

Yo no quería hablar, o al menos hablaría poco.

—Fui secuestrada por fuerzas ocultas —dijo Mariíta.

—Las artes del espiritismo se la llevaron. El Kardec se valió de sus pactos y mi madre anduvo por los caminos de Pinar del Río —volvió con su canturreo mi hijo.

Mariíta, dicho sea, estaba avergonzada. Claro que su aspecto no ayudaba a mostrar ese estado. Se había pintado las uñas con un rojo de pánico y se había teñido el pelo de un color caoba. Lo del secuestro, recapacitaba mirándolo a la luz de lo acontecido, bien podría ser cierto. Estábamos manipulados por fuerzas desconocidas. El problema era deslindar compromisos y deslealtades. Por eso pensé preguntarle si en realidad se había acostado con Kardec, si el vicioso había echado su líquido de muerto en sus entrañas. Pero desistí, no me importaba, sólo deseaba redescubrir el dragón de la muchacha.

—Voy a cortar hierbas para el dragón —dije como si una diamantina ceguera me impulsara a hablar.

—¿Qué pasa con tu cabeza? —me preguntó mi hijo.

Demoré en responderle, hasta que lo hice en un impulso sereno:

—Hoy creí en ti, tocaron música tuya en el teatro donde hace mucho cantaron Flora Perini y Caruso. Pero eso ya no importa, porque yo no me quedaré más acá —dije en uno de esos chantajes emocionales que tanto me gustan. Mariíta comentó que ella podría irse, que ya encontraría lugar donde acomodarse por esa noche o por todas las noches que restaban en su vida. Entonces germinó la compasión en mi alma y dije:

—Mariíta, mija, sólo he pensado en mí. Yo puedo buscarte una cabeza de mujer joven y bonita, te convertirás en otra, con voz diferente, sin esa caspa veraniega.

Pero dispensar la dicha trae que te crean un chiflado. Mi hijo, hasta la muchacha, Mariíta, todos, me miraron como un loco. Por eso intenté un escape. Caminé hacia la cocina y quedé perdido entre las cacerolas vacías. Mi hijo me alcanzó y me regresó a la sala. Se percató —y yo también— de que tenía la camisa empapada en sangre. La sangre corría y llegaba hasta mis zapatos. La muchacha dijo algo que no entendí. Mariíta habló de una gallina negra. Le dio instrucciones a mi hijo para que la encontrara y este de inmediato partió.

—Sólo se contiene esa sangre con un caldo de gallina negra —enjuició resolutoriamente Mariíta.

—¿Pero por qué negra? —indagué.

—Alguien se ha ensañado contigo y te tiraron una brujería, te quieren ver arrastrándote, eliminarte, te quieren muerto, Juan Tristá. Un caldo de gallina negra te limpiará del conjuro, de la mala sangre que te ahoga.

4

EL CALDO DE GALLINA negra fue todo mi alimento durante el siguiente día. No sé hasta qué punto me dio fuerzas para seguir. Mariíta me miraba desde una carnalidad inquietante. Su inocencia de la anterior noche sólo había sido pose teatral. No detenía su parlotear, lo criticaba todo.

Por eso anuncié mi regreso al Gran Teatro, dije que no podía más con esa desmañada casa. No intentaron detenerme y partí con el temor de que la sangre empapara de nuevo mi camisa.

En el Gran Teatro me recibió el mismo viejo miliciano de cuando fui a la primera reunión fundacional del Congreso. Un miliciano de apenas un metro cuarenta, con una nariz ultrajada y un revólver fermentado a la cintura. Me indicó sin urbanidad que siguiera mi marcha, que ese día no habría función. Le pregunté por la Nuña y el miliciano me miró desde la esencia de su pequeñez.

—¿Eres de los nuestros? —preguntó.

—Sí, soy íntimo de Cundo y su Congreso —respondí.

El miliciano me envió al departamento de maquillajes y comentó que la Nuña estaba que echaba fuego, insultada porque alguien debía sustituirla desde ayer y el tipejo no había dado razón para su ausencia.

Subí las escaleras y entonces vi a la Nuña, que me observó con gesto desafiante. Me dijo que la siguiera y me hizo dirigirme de nuevo al portón de salida.

—Haz tu recorrido —le dijo al miliciano—. Luego veremos a quién le toca la noche.

—Cuando llegue el año tres mil no estaremos aquí —comenté para disipar la tensión—, ya no habrá congresos.

—A lo mejor ni bailarines.

—Ayer sangré —me subí la camisa y mostré mi herida.

—¿Qué te pasó para estar así?

—Defendiéndome contra una retahíla de bandidos que quisieron aniquilarme —mentí descaradamente.

—Hoy tampoco podrás con la noche —me dijo, extrañamente maternal—. El viejo y su nariz tendrán que vigilar.

Regresó el miliciano y la Nuña le ordenó quedarse. El viejo rezongó y dijo que ya no tenía vida propia. Mientras, observé a una mujer de apenas veinte años que provocaba a los turistas en los portales del hotel Inglaterra. Un policía la vigilaba cautivado por su hermosa presencia. La mujer vestía una deportiva chaqueta azul. Todo en ella era azul: zapatos, ojos, uñas, la brisa de sus labios, azul toda. Las voces de la Nuña y el miliciano se diluían imprecisas en la lejanía. Parecían transitar la urgencia de los sueños. ¿Cuánto tiempo había estado yo observando a la mujer de azul? ¿Cuántos minutos u horas o días habían transcurrido para que esos dos seres se durmieran, sin las más ínfimas comodidades, allí, de pie, jadeando? ¿Cómo había sido posible? ¿Era la bondad o el odio lo que había provocado el sueño, o a lo mejor hacía mucho que yo estaba allí y lo único observado era ese sueño donde seguro prevalecían las pesadillas?

Sin volver a mirar a la Nuña y menos al miliciano, decidí ir hasta el cabaré Nacional. No hice más que arribar y Rubina comenzó a insultarme. Sus palabras seguían brotándole sin ilación del cuello y las costillas, como lanzadas por una tronera. Los ojos de Rubina reflejaban el cabaré con las mesas saciadas de criaturas que disfrutaban del comienzo de la noche.

—Nos traicionaste —me dijo Lapera, con un odio pasivo, odio reflexivo, que es el que duele. El Vasco me miraba con impiedad. Su labio leporino tenía la extraña luz de un astro muerto. También, en la mesa contigua, Chantal bebía junto a dos alumnos de su clínica de masajes. El que más cuchicheaba con ella se cubría con una gorra de los Yanquis. El otro galanteaba, aunque las pantuflas que calzaba presuponían a un enfermo incurable.

—Jamás he traicionado a nadie —me defendí y comencé a beber con más desenfreno que en otras ocasiones. Al rato se encendieron las luces de la tarima y la negra del arpa comenzó a cantar con esa cadencia propia de los boleros. El Vasco no disimulaba su gozo:

—¡Es la rescatada voz de esta isla!

Yo no dejaba de mirar con intermitencias a la negra, delgada como un báculo papal, con una cruz copta dibujada en la frente, orgullosa de su arte, como si esas melodías no encarnaran una repetitiva cursilería de boleros morunos.

Mientras, Chantal me observaba, no quitaba su pendencia de encima de mí. Sin embargo, yo sólo era ojos para Rubina. Escudriñaba sus costillas cubiertas por una blusa a rayas, con el poliéster adherido. Las costillas parecían tararear la música. «Pobrecita Rubina, tan buena y sin voz, pobrecita Rubina, que se dejó endiablar en mis rutas», me decía.

—Te haces el importante —escuché a Chantal, que se me acercó para interrumpir mi monólogo. Echó en mi cara su aliento ebrio y mineral, e hice un ademán para quitármela. Ella no pareció advertirlo. Con descaro comenzó con sus súplicas, no escatimó rogaciones. Fue tanto el agobio que me dejé conducir, ella halándome por el brazo, derribando sillas, hasta plantarme ante el destartalado baño del cabaré.

Allí se carcajeó y me rogó que dejara la puerta abierta, que deseaba que la contemplasen orinar su curda, que desde siempre era uno de sus gustos. De inmediato se deshizo de las panties y mostró su cuerpo ochavado. Detrás de mí un cantinero vislumbraba los pezones anclados de Chantal, ella volviéndose, girando para clamar que la desollasen, que masticaran sus tajadas de obscenidades.

¡Es repugnante! —exclamó el cantinero y embutió su cabeza en el interior del baño, y yo, contagiado con el frenesí de Chantal, me burlé de la cara de extravío del cantinero, de su cara de mirador furtivo, y cerré la puerta. El olor a naftalina y a orines me turbó. Chantal, con insensatez, comenzó a vomitar encima de mí, encima de ella misma.

—¡Me cago en ti y en la puta de tu madre! —le dije.

Con aquella hediondez encima, nuestro único destino era encontrar la puerta que nos condujera a la noche. Ya fuera del cabaré, Chantal hizo señas a un taxi.

—Presiento que hoy vamos a gozar hasta morir —me dijo al abordarlo.

La noche no tuvo ni un poco del gozo que avisó Chantal. Cierto que apenas llegar nos quedamos en pelota y nos restregamos en el piso de la sala. La futura gorda o ya gorda Chantal, con sus manazas derretidas en su cosa, se daba un gusto que la ponía en la otra calle del placer. Luego fuimos hasta la consulta, y encima de la cama, con la lámpara de quirófano prendida, ahogados por el insoportable calor, nos desvivimos en lamernos. La lengua de Chantal era más larga y ponzoñosa que en la última ocasión. La mía, una prédica de las dulces cochinadas. Pero de ahí no pasamos, porque fui yo el que para ese momento comenzó a vomitar. Como un géiser expulsé hasta la última bilis. Creí que jamás se detendría aquello. Chantal se pegaba a mí para revivirme y no escatimaba ansias, pero yo era un cadáver, un ser inamovible que sólo deseaba dormir.

En la mañana, Chantal se quejó de la limpieza que tuvo que acometer bien temprano en la consulta, de que esa consulta ahora estaba hasta los topes, de que ese día no tendría ni un minuto libre. Luego me dijo que en la cocina había café, jugos de frutas. «Todo lo que pude comprar con tu papel de dieta», me gratificó. Asentí y agradecido la vi marcharse. Fui por mi ropa y noté que Chantal la había rociado con un perfume escandaloso y dulzón que ni por asomo acallaba el olor a vómito.

—¿Y ahora a dónde va mi tiempo? —me dije.

El resto del día la pasé juzgando lo que había visto, juzgando lo que se avecinaba. Me interrogaba si en realidad Chantal era una presencia verosímil, igual que el Kardec y sus lecciones de muertos, como el desnaturalizado acto de ponerme y quitarme la cabeza, Rubina, la noche del Mégano, la negra arpista, mis propias desviaciones al querer poseer a la mujer de mi hijo.

No había un minuto en que no pensara en esa muchacha, en que no la viera desnuda, en que no la viera con su piel de dragón. Ansiaba que ella me despertara en el amanecer y me registrara para depositar las esporas del goce en mi corazón. Que su cuerpo se hiciera parte del mío, que compartiéramos una misma existencia que jamás permitiera separarnos.

Otras veces mis manías de cada jornada, pan del prójimo de mi mente, estribaban en ansiar que la muchacha se quitara cada prenda, enseñando primero el escote, luego lanzando una media de colegiala a cualquier rincón, más tarde dejando caer su falda, luego el sostén, y mostrar sus pezones levantados como un monte y yo verter mis líquidos y ella frotarse con las comidas de mi amor.

Desde siempre había imaginado a una muchacha como aquella. Era un poseso de la belleza y esa enfermedad era imposible de curar. A lo mejor mi muerte o la muerte de otro tenían que ver con ese ideal.

Escapé de lo de Chantal y abordé el primer Chevrolet de alquiler que pasó por la calle Línea. El Chevrolet se detuvo ante al portón de la iglesia del Espíritu Santo. Pensé que un mínimo diálogo con Cristo le daría un poco de tregua a mi alma y por eso no dudé un instante en abandonar el auto. Entré al templo y ocupé uno de los asientos delanteros. Desde allí observé el altar con su incienso de praderas, con el cáliz, la sangre de Cristo, la plata maldita, las liliáceas silvestres, el aroma de los polvos de sacramentar. En ese arrebato o retablo o desdén, el cura apareció por un lado, precedido por un monaguillo, con una Biblia en alto el cura, investido por un don especial que le hizo entonar un canto en latín, y al hablar disertó sobre Jerusalén, comparando la semejanza entre la iglesia del Espíritu Santo y esa Jerusalén. Invocó a Dios y la Puerta de las Ovejas del Templo, el pórtico de Salomón, y como si fuera una díscola brújula, alabó el Palacio de Herodes, la calle herodiana, el Valle del Cedrón, el camino de Jericó, el estanque de Betzata, igualito a esa fuente que hay allá afuera, insistió. ¡Estamos en una Jerusalén vengativa, eso es La Habana!

Ya yo tenía bastante para complicar mi vida con un cura tan estrambótico. Desanduve la plazoleta de frente a la iglesia y crucé el zócalo erigido como un fénix de mamparas a la entrada de la calle Brasil, sin mirar los árboles que burlaban las leyes gravitacionales al crecer en las paredes de las casas solariegas, sin reparar en las carnalidades indiscretas que asomaban por detrás de los vitrales.

A la altura de mi edificio divisé en el balcón a Mariíta, a la muchacha que usurpaba mi hijo, y a mi hijo con su pelo irredento. Por provocación hice la misma señal de saludo de los tribunos romanos. Mi brazo en alto parecía el asta para la bandera de la sinrazón. Subí de inmediato a mi apartamento, donde Mariíta me esperaba como si yo fuera el desamparo. Hizo un discurso sobre la carestía de la vida, me echó en cara que ya yo no conseguía comida extra. Mi hijo hizo otro tanto y luego de argüir algunas necedades, sin venir al caso, alabó el tino y el gusto de los manicomios.

Tuve deseos de quitarme la cabeza y lanzarla a los pies de mi hijo. Decirle: «Aquí, frente a ti, no está un loco, mira esa cabeza que tiene sus leyes, que es fecundidad.» Pero acumulaba demasiadas fatigas y era mejor simular.

Hablé con humildad de irme a mi habitación y todos me siguieron. Allí Mariíta le dijo a la muchacha que ya era hora de disponer sus cosas en la sala. En verdad yo deseaba estar solo, un mínimo tiempo de serenidad, aunque eso no me impidió observar a la muchacha recoger con resignación sus vestidos, sus pinceles, sus potes de pintura y cargar con el caballete.

—Vino una mujer a decir que esta noche tienes guardia en el Gran Teatro. ¿Acaso dejaste el Congreso, la OFICODA, y ahora eres un simple y vulgar vigilante nocturno? —insistió mi hijo en su atrevimiento, y Mariíta lo recriminó y lo echó afuera. Luego ella se dirigió al ventanal y cerró las persianas. Regresó e intercambiamos una insondable mirada.

—No creo que hayas dejado la oficina —me comentó preocupada.

A las siete de la noche llegué a la guardia del Gran Teatro. El miliciano me dijo que la Nuña andaba para su casa, que iba a dormir un rato. A continuación me extendió su Smith & Wesson de los tiempos heroicos y me comentó:

—Concentra tu chequeo en la sala grande, allí es donde van a celebrar el Congreso.

Vi al miliciano perderse entre la muchedumbre que transitaba por las aceras del Louvre. Razoné que esa noche yo podría ver con nuevos ojos el Paseo del Prado. «Soy un hombre armado, con un revólver listo para la aventura de la muerte. La vida de los que transitan frente a mí está en mis manos. Podría cargar sobre ellos y ajusticiarlos. Seis o más cuerpos fusilados en la calle, seis o más inertes almas que condeno a pudrirse.»

Me debatía entre esos pensamientos, cuando escuché un murmullo que supuse venía del salón donde ensayaban los bailarines jóvenes. Allí debía de estar ese borrego de Dios con su cuello alto. A ellos también podría matarlos, irrumpir en el salón y disparar. A él, claro, no le causaría daño. Era demasiado perfecto para quemarlo con mi arma.

Quizás el muchacho tenía también un dragón en su cintura, amamantado en los placeres que le brindaban las bailarinas. Él debía poseerlas a todas para encontrar la fuerza del baile, para ordenar las holganzas, para saciar su alma con esos cuerpos jóvenes. Seguramente era un griego, un lujo de emigrante que gozaba con la herencia de la belleza.

—Yo y mi revólver —me dije y escuché un nuevo sonido. Estaba seguro de que eran los entonados de un piano en la sala grande. Recordé el alerta que me había transmitido el miliciano. Fui hacia allá con la mano sobre el arma. Atravesé el cortinaje y al asomarme vi a una mujer de unos cincuenta años, con gafas doradas, que tocaba el piano. En el tablado, una anciana cubierta de encajes daba pasos que parecían rítmicos y, sin embargo, delataban la raigambre de una ceguera atávica. Una niña vestida como para un réquiem marcaba con un creyón incandescente el tablado. La vieja bailarina repechaba el escenario, giraba como un Dios sin honor y gritaba como una inconsolable enferma de la música.

—¿Quién está ahí? —súbitamente detuvo su danzar. El piano se acalló. La niña dejó en vilo un último trazo.

—El guardián —dije muy quedo.

—¿Qué guardián?

—El del Congreso.

—¡Seguro eres un espía del ballet Bolshoi! — declamó la bailarina quitándose la mortaja de encajes, mostrándose en el fracaso inevitable.

—No, cuido para el Congreso —insistí.

Ella pareció olfatearme, respiró hondo. Como estaba casi ciega, medía las distancias con su gran nariz. Era un lebrel. La presa era yo, la presa a insultar, a vejar. Nada podía detener su soberbia.

—Diles a los que te envían que no entregaré el Cetro —inició un discurso rimbombante—, que bailaré en todas las luces de la tarde. Este es mi Palacio, cuando me muera, si es que eso pasa, aquí sólo se darán lecciones de anatomía para estudiar mi cuerpo. Díselo, no lo olvides. Como tampoco olvides que para entrar a mis ensayos hay que tener la fuerza de la inteligencia lícita, no la de un impostor. Tu tarea es vigilar como un perro guardián allá afuera y ya. ¡Ahora vete!

Por un momento quedé confundido. Luego la sangre me subió a la cabeza y tuve deseos de gritarle: «¡Ojalá te pudras en una tumba repleta de gusanos que te traguen cada pellejo, momia!», pero me mordí la lengua y salí del salón. Al cruzar el cortinaje me llegó el sutil movimiento de un cuerpo. Me acerqué y vi a la joven bailarina que interpretó a Julieta. Ella me reclamó silencio tocándome con su escote, envolviéndome en sus palabras:

—Es la Diva que no quiere morir, la bailarina encaprichada en inmortalizarse —me susurró.

Después de pensarlo un poco, dije:

—¿Por qué no la matan?

Ella se echó hacia atrás.

—Tengo el fruto de la estricnina —insistí.

La muchacha volvió a suplicar silencio y se perdió entre las cortinas. Me llegó un susurro intraducible. Al instante apareció el muchacho del cuello largo, con gravedad y apuro.

—¿Cuánto quieres por la estricnina? —me exigió, como si estuviera frente a la vidriera de una confitería. Su rostro era el puñal de un predicador.

—Mañana en la noche te la traigo —propuse.

—Haremos el crimen —murmuró el joven.

—No, lo harás tú, crimen tuyo y por propia mano. Untarás el escenario con el zumo negro. Si no he observado mal, ella baila descalza.

—¿Cuál es el precio?

—No te preocupes —dije alargando la voz.

Poco después del amanecer me sustituyó en la guardia el mismo miliciano. Dijo que había dormido poco, que toda la noche la había pasado soñando con un fuego en el Gran Teatro. Le entregué el revólver y él lo revisó y lo guardó en su cintura. No hablamos de la Nuña, a quien aún suponíamos perdida en el sueño.

Salí, y no me había alejado más que unos metros, cuando vi a un lado del teatro que una brigada de montadores colocaba una pancarta con una foto gigante de la bailarina, una foto que la develaba como si aún estuviera en el pleno ejercicio de la juventud. Debajo de la foto rotulaban la noticia de que ella bailaría en la clausura del Congreso de la Igualdad.

Hacía un mes, un año, una semana, una hora —esa relatividad ya no era fácil de descifrar—, que pude desembarazarme de muchos de mis primitivos compromisos, pero tanto había cavilado sobre esas magnitudes, que ahora imaginaba que mi vida principió en el momento en que a Cundo se le ocurrió la idea del Congreso. Desde entonces tenía empeñadas mis fuerzas en sensaciones jamás experimentadas: dar giros y más giros por la ciudad, circuitos que me devolvían a los puntos de iniciación. ¿El año que transcurría era bisiesto? Hasta hoy día, hasta este ínfimo punto que sostiene el diseño de mi relato, no he querido indagar, no he querido ejercitarme en la desesperada percepción del tiempo.

Estando en tales abstracciones, me haló de la camisa un negrito pequeño, vestido de blanco coco, encaramado en una chivichana, y me obligó a tomar una hoja pulcramente impresa con la plegaria de la letra del año, el listado de los presagios de los dioses negros, las sacras cifras:

II OO II
IO II II
II IO II
OI IO II

El día propicio siempre sería un domingo. Y se repetía un beneficio de salud y larga vida, BABA EJIOBE IRÉ ARIKU LESE OLOFIN, y Obatalá gasta los 16 panes con cascarilla y cacao, dos velas y rogar. Era el año de separar las cabezas del tronco, banderas blancas con ribetes azules. Comer quimbombó, agua de cepa de plátano, corteza de ceibas, 16 hojas de caimito en una infusión. El 16 y las hojas de romerillo, rabo de zorra y acacias, baldear con agua de añil, piñón florido, prodigiosa y albahaca, poner escoba judía detrás de la puerta, darle de comer a la basura, ponerle boniato al Elegguá, repartir la mermada comida con el panteón yorubá, con Obatalá, el orisha encargado de crear al hombre, cabeza de las 201 divinidades, y cuidado, ni intentarlo, jamás morder la arena.

—Un peso —me dijo el niño.

Se lo entregué y seguí hacia mi calle. Observé que el niño recorría mi propio itinerario, iba en su chivichana con un ojo de buey clavado en su manubrio, un ojo con la sangre coagulada en sus pestañas, un ojo para que un auto jamás lanzara al niño a los brazos de la muerte, un ojo de un buey que fue sacrificado con la única razón de avisar la letra del milenio, la razón de evitar los males de ojo.

Llegado a los bajos de mi casa, el niño se detuvo ante un hombre que mal se ocultaba en el edificio de enfrente. Era el mismísimo Kardec, no me cabía duda, que ante la insistencia del niño se vio obligado a comprar la Letra del Año. En el balcón, con las persianas abiertas, Mariíta cristianizaba la mayor de las felicidades al contemplarlo.

—Hasta cuándo soportaré esta vejación; no es que me importe, pero mi orgullo tiene un valor y ya esta mujer no me respeta —me dije ascendiendo a mi apartamento. Entonces vi a Mariíta bajar precipitadamente la escalera. Me dijo en igual forma que necesitaba consultar los memoriales de los muertos en el Templo de la calle Zanja, que había visto a un chino apresado en el hielo de la nevera. No es invento mío, es un chino pequeñito que me amenaza cada vez que abro el aparato, hay que ganarle al mal conjuro con la propia brujería china. Te prometo regresar lo más rápido posible, te lo juro, Juan Tristá, ahorita estoy de vuelta.

No dije una palabra. Me daba tres carajos si volvía o no. Penetré en la casa y vi a la muchacha de mi hijo ante el caballete. Ella se quedó observándome con el pincel suspendido en el vacío y dijo:

—Estoy pintando la mano de Dios.

Descubrí de nuevo el autorretrato de la muchacha, sus senos pequeños, y entre ellos la mano de Dios.

—Pon la tuya sobre ella —me pidió.

Llevé mi mano a la pintura y me asustó su semejanza con la de Dios, pero más me atormentó el palpar ese ensayo que eran los pechos de ella.

—Es extraño, he dibujado tu mano —dijo la muchacha.

—Y yo te he tocado —me atreví.

—No, has tocado un boceto —me contestó, y recogió sus pinceles y me brindó de la ensalada que recién había hecho. Transitar de la mano de Dios, de mi contacto con el proyecto de piel suya a una vulgar ensalada era ridículo. Por eso me fui a mi habitación y me recreé en la búsqueda de la caja de zapatos donde guardaba la estricnina que había prometido al joven bailarín. Revolví en el armario y redescubrí inéditas dimensiones. Estrujé ropas que perdieron razón, tiré a un lado una vieja lámpara de bronce, condené una caja de fotos de mi matrimonio, el marco de un espejo que se rompió el día que nació mi hijo, y al final, como empotrada en un altar, la caja de zapatos con el dibujo del tigre.

Allí estaba depositada la estricnina que encontré una inolvidable mañana en el Jardín Botánico de Cienfuegos, jardín orgulloso de ese árbol que crecía alimentándose de los pájaros que venían desde lo más lejano a picar en su tronco, y que bajo su sombra acumulaba los despojos de los carpinteros reales, los tomeguines, cateyes, y hasta canarios que desertaron de las jaulas de fervorosos criadores.

Con esos recuerdos abrí la caja y vi el fruto de la estricnina, y no sin sorpresa pasé a extasiarme ante un colibrí sin vida, un colibrí con ese color del tiempo de todas las muertes de la naturaleza. «¿Cómo llegó allí, qué fuerza logró introducirlo en la caja del dibujo del tigre, y hacer que el pájaro, harto de espera y tedio, picara la fruta y se hiciera polvo?», me pregunté.

Con las primeras confidencias de la noche, encontré al bailarín en el portal del Gran Teatro y le dije que era mejor disponer de un lugar neutral, un lugar que no tuviera las huellas de la vieja bailarina. El muchacho me siguió, así de urgentes eran sus ansias, y sólo nos detuvimos al final del Paseo del Prado, y sin pensarlo fuimos a la casa egipcia de frente al Malecón, la casa de las columnas de las cuatro sacerdotisas que sostenían la contrahechura imitativa de un palacio de Alejandría.

Antes de entregarle la pócima, le dije que La Gran Corriente del Golfo, sostén del paisaje de la ciudad, no era más que el Nilo, río que había nutrido con sus inundaciones todo un vasto imperio. El muchacho me observó en silencio, con un rictus de burla. Su cuello trasmitía sosiego, su cabeza irradiaba la luz del Morro.

—¡Unta esto en el escenario! —le expliqué con frenesí—. ¡Una sola pizca de este veneno que entre por los poros de los pies de la bailarina la matará!

El muchacho tendió sus manos para asir la caja con el dibujo del tigre. La defendí y el muchacho me observó con calculado razonamiento. Fue cuando habló del arte de los cuerpos, de la danza como ocasión y argucia para ascender a la belleza. Habló de las bailarinas que acicalaban y regalaban sus juventudes en el Gran Teatro, bailarinas que reverenciaban los salones con sus zapatillas de lino, así de retórico e inspirado habló, desnudas para regalarse a los que deseen reposar en las fragancias de sus goces. Escoge y yo te entrego cualquiera de ellas, la que más te colme de ensueños, y así pago tu favor —argumentó.

Hizo una pausa y pareció mirarse en el espejo ególatra de todos los espíritus disolutos de La Habana. Se tocó como una mujer que reverencia la maternidad. Una verbigracia intentó asomarse en un pequeño diálogo que no escuché bien. Dibujó una sonrisa menguante y lanzó el zarpazo final:

—O a uno, al que desees de nosotros —y se estiró para que yo observara su coraza de varón.

—No seas pendejo, sólo quiero tu cabeza —le pedí.

El muchacho se aturdió, fue a decir algo y guardó silencio. Pareció conjeturar algo, pero en realidad estaba asustado, como si el golpe de todas las mareas universales fuera a detenerse en su pecho. De su bolsillo sacó seis monedas de cobre, que creí de oro en un primer instante, y que de inmediato supe que eran fichas numismáticas con la esfinge de la anciana bailarina. Aún hoy no sé el significado, el fin, la formulación de las seis monedas. Las puso delante suyo, mejor: las colocó en forma de círculo y se arrodilló y con humildad me brindó su cabeza. Dudé, intuí, supe que aquella cabeza estaba repleta de una sangre transparente, de una angosta masa cerebral que escondía la aspereza de una trampa. La tomé como a una paloma negra. Con mis dedos hundidos en su cuello, me ganó el miedo o el pundonor o sabe Dios qué, y de un golpe lancé al joven a lo largo del suelo. Él no hizo ademán de defenderse, parecía ser parte de las losas del portal de aquella casa de Alejandría.

—Llévate tu mal veneno —le lancé la caja con el dibujo del tigre.

Caminé bajo la protección de los laureles del Prado. La noche y los laureles me contagiaron los deseos de retornar por infinita vez a mi casa. Entré con desconfianza, no sin antes suponer, al no verla junto a la escalera, que mi bicicleta había sido robada otra vez. Un relente de luz alumbraba la sala. A tientas fui hasta la *chaise-longue* donde dormían mi hijo y su muchacha. Sin pensarlo levanté la sábana y ante mí se abrieron en su inocencia el cuerpo desnudo de ella y el cuerpo desnudo de mi hijo con la piel matizada de puntos escarlata.

—Está enfermo, tiene el sarampión, cuando niño no le dio y ahora puede morir —exageró Mariíta, aún vestida, recién llegada, como una aparición ante la puerta de nuestro cuarto.

—¿Pudiste oír la voz de algún espíritu? —le pregunté no sin sorna.

Ella no respondió.

—Se robaron de nuevo la bicicleta —comenté.

—Creo que eso sucedió hace mucho —me contestó.

Pasé junto a ella y me acosté. Mi mujer hizo otro tanto, sin siquiera despojarse de su vestido. Ella habló de esas verdades a medias que complementan una existencia vivida también a medias. Apenas la atendí y me imbuí en los recuerdos de nuestra boda, en el tropel de aquel matrimonio con cubiertos de muladar. En ese punto de la noche estaba, solo con mis recuerdos, sin prohijar creencias, yaciendo exclusivamente en una estrofa acreditada en mi agitación de quitarme y ponerme mi cabeza. «¿Y por qué no hacer de ella un principio y desbancar a Kardec y sus manías de mensajes de fantasmas?», me cuestioné.

Como dominador del vértigo, me quité la cabeza y la acomodé en la mesa de noche. La lámpara de cristal que allí estaba con las figuras de los novios la iluminó con una egregia corona de luz verde. Sólo por un instante la empresa sorprendió a Mariíta. Luego se arrancó la ropa, y como la loba en la fundación de Roma, tiró sus tetas encima de mí. Mariíta tenía el olor de esas clamorosas tempestades que estallan después de un año sin lluvia.

5

«A LO MEJOR ALGUNA VEZ alguien llegue a quererte y así al fin podrás desembarazarte de tu mujer», conjeturó al otro día mi conciencia frente al quiosco de los periódicos en la esquina del bar Floridita. De tal ampulosidad me sacó el vendedor que voceaba el titular de *El Tribuna:*

¡HA MUERTO LA EGREGIA BAILARINA!

Era la palabrería sobre un crimen cuyo protagonista había sido mi veneno. Continué como un sibarita y me dirigí hacia el Gran Teatro, donde ya se avisaba el duelo. Allí, en la puerta, se hallaban los admiradores de la difunta, los balletómanos con sus cabelleras teñidas con el fulgor ambarino. Delirantes hombres que deseaban poseer la bondad ineludible para subvertir la muerte y devolverle la vida a la bailarina.

Al vencerlos, abriéndome paso con mis codos, el miliciano, mi cómplice de la pistola fermentada, me llevó hasta el salón de las prácticas de baile, y en sus espejos vi reproducido un ataúd de terciopelo. Un ataúd con almohadones en su interior, para que descansara como quería la humanidad que descansase la bailarina.

—Al final somos un fervor apagado —me dijo el bailarín del cuello largo con su semblante pegado a mí. El bailarín lloraba y a la vez reía. Agitaba la caja con el dibujo del tigre, que reconocí y me ofreció, bajo la mirada de aprobación de la ya conocida bailarina cómplice. La abrí y allí estaba el fruto negro, intacto, sin mordeduras. Devolví la caja, nada quería saber de aquello. Miré al bailarín y él negó haber cometido el acto, ni ella tampoco, señaló a la bailarina. Explicó que habían planeado aquella muerte como si reparasen un reloj, cambiaron los usos y costumbres para ocasionarla, y ya decididos entraron a la danza, a la práctica de danza nocturna, y no pudieron, porque matarla era sacrificar el baile.

—¿Qué sucedió entonces? —pregunté.

El bailarín señaló hacia la niña que yo había visto la noche en que la bailarina me insultó, la niña que para ese momento no se movía de junto al ataúd, la misma niña que había marcado con el creyón los pasos de la Gran Bailarina en el escenario, la niña que, en aquel segundo de misereres y llantos, lucía una clásica pamela negra, un vestido de encajes negros, y cuyas manos jugueteaban con un libro de oraciones, un libro con el dibujo de un cáliz donde se derramaba el alma de Dios.

Retiré la mirada, no quería acusaciones, estorbos, complicidades. Me aparté de los bailarines y caminé entre los comensales del velatorio. Observé a Cundo y junto a él a la muchacha de los huesos en las nalgas, que parecía menos femenina, como si el impulso jerárquico otorgado por el Congreso la hubiera provisto de un semblante de varón. También allí, más apartada, la Nuña contemplaba el azoramiento de los que entraban a rendir el último homenaje a la bailarina. Parecía controlar los gestos, las muecas, hasta alguna que otra lágrima de los que arribaban.

Afuera el aire del Sur parecía que jamás iba a cesar. El sentido de la culpa me asaltaba por haber aportado el veneno para matar a la bailarina. Pero el veneno jamás fue usado, esto me consolaba. La niña, como si me reconociera, mantenía una discreta pendencia sobre mi persona. Proseguía en sus rezos con la mirada en el libro de oraciones, para de pronto levantar sus ojos y clavarlos en mí. Era mejor irme, no ser parte de esos entuertos. Asistir a ese tipo de lugares me enfermaba. Ir a sitios así me hacía un histérico, alguien con un odio sin compasión, o hasta podía ir más allá y convertirme en un cínico, en un vulgar comediante que armaba su espectáculo.

—Vete, te veo extraño —volvió a acercárseme el miliciano cómplice—, aquí cualquier palabra que se diga es peligrosa.

Salí a los portales del Gran Teatro, y allí me endilgaron un pote de yogur. Miré y, por un segundo, vi primero el maletín color gorila y luego una sonrisita socarrona y un comentario:

—Quieren embalsamar a la Diva, pero les faltan los productos faraónicos, los gusanos comerán sus pies, sus zapatillas —discurrió el hombre de la Láctea sin esconder su regocijo.

—Ya no soy del Congreso —dije.

—Lo sé, olvida y vuelve a tu oficina.

—¿Quién es la niña de la pamela?

—No es lo que parece, es la hermana de la bailarina. Cuando solo tenía seis años, la propia bailarina le quemó los pies porque era capaz de enrumbarse en el baile mejor que cualquier otro ser. Dicen que después de una prueba en una escuela de danza santiaguera, donde la niña brilló como nunca, la hoy difunta bailarina colmó una palangana con tizones, y convenció a la pobre criatura para que entrara los pies allí, es agua mansa, mijita, la sedujo con algún embrujo, y la niña, esa infeliz que ahora ves ahí, entró sus piecitos y estos se hicieron carne asada. A la sazón no creció más, quedó con su tamaño eternal de niña y un olor a chamusca que se percibía a veinte leguas a la redonda. Fue rescatada de su anonimato santiaguero recién al cumplir los quince años, cuando la Gran Bailarina quedó casi ciega. A la niña le fue encomendada la faena de marcar los pasos de la hermana con círculos de creyones incandescentes, para que la bailarina encontrara los senderos en los escenarios del mundo. Fue tal su dedicación, que jamás un crítico pudo descubrir aquel memorial de trazos sobre los tablados. Así pasó la vida, o sus vidas. Pero jamás se sabe hasta dónde llega el infinito rigor de la venganza. Anoche la niña ejecutó una orden guardada en el dolor del fuego que achicharró sus pies. Durante el ensayo nocturno, dibujó un círculo falso y la bailarina saltó al vacío y allí perdió su alma en el foso, entre los atriles de los músicos.

—Me quieres complicar con esas confidencias, eres el diablo, inventas todas esas historias para embaucarme, para hacerme cómplice de tus fechorías —dije—. Sólo deseo un pacto para beneficiarme de la juventud anhelada, para saber que mis cincuenta años se olvidaron en una mirada tuya que me reconvierta. Posees ese poder, tienes que ayudarme a lograr la juventud.

El hombre de la Láctea se mofó de mí, me insultó:

—¡No se puede ser tan cretino! ¿Te imaginas que soy el diablo? ¡Cretino, eso! Si no lo sabes, el diablo no puede tocar la leche, sus fermentos, sus vastos universos. Eso apréndelo. Soy otro agente, probado en la vida actual, sin historias de los profetas, malévolo con las memorias que fallaron, con las anhelantes valentías que murieron. Soy la repetición de un canto antiguo, el aburrimiento que dominará toda la vida de esta ciudad desde ahora.

Soy un nuevo demonio, distinto, demonio de un tiempo presente sin las leyes de la primera creación. Soy la evocación misma. Soy lo que está muerto y no quiere morir. Soy lo condenado a morir y que, sin embargo, se coloca un antifaz para no ver, para repetir los actos. Soy el Anticristo que reparte yogures, pero jamás, estúpido hombrecito, un diablo con poderes para quitarte tu sarta de años.

—No voy a esclavizarme con ese tiempo que avisas o que siempre ha estado rigiendo mi vida. Seré un criminal y así podré liberarme de los rigores que vendrán —le respondí.

—Ya te dije que eres un cretino, pero bueno, el único consejo que puedo darte es que pienses que las manos de los estranguladores son las mejores armas en ese oficio que quieres emprender; los estranguladores nunca son capturados, porque son homicidas que no dejan las evidencias de los metales —dijo el hombre de la Láctea y me dio la espalda y siguió repartiendo yogures.

Caminé por el Parque Central mientras observaba en una tercera dimensión el busto de José Martí y Pérez en ese parque y entablaba con él un diálogo: «¿Exprimiste alguna vez un cuello hasta sentir los gritos de la carne que se muere? ¿Sabes de esos rigores, sapiente poeta? ¿Acaso la Patria te cegó tanto que jamás el deseo de matar te atribuló en una noche neoyorquina y saliste a la calle a encontrar la víctima que te devolviera el sosiego?»

Martí no se consternaba en su estatuaria vestidura. Mantenía un tenaz silencio. Yo era para él un pedazo de lascivia, de mierda desgarrada por las deslealtades. Seguí provocándolo, sin importarme la retahíla de curiosos que se arremolinaron a mi alrededor. Todos tenían tensos los músculos de sus caras, como si discutieran una injusta decisión sobre una jugada de béisbol. Quizás eran fantasmas y yo no lo sabía, espectros que paseaban sus asombros por aquel parque.

Seguí hacia el Mégano. El cine me recibió en la matinée. El cine con un lazo de luto colgado a su entrada, un crespón de gris duelo, distintivo de respeto por la artista muerta. En la cartelera se anunciaba un ciclo retrospectivo de la bailarina, una veintena de ballets atesorados en cine, desde *Giselle* hasta *Las sílfides,* desde la geografía de Moscú, Milán, La Habana, fin y sepultura de sus viajes.

—Debería existir la fórmula para que Martí fuera real —le dije a Lapera, y sin dejar que me respondiera agregué—: ¡Quiero emocionarme con la bailarina!

Así, caminé por las oscuras filas de la sala, hasta acomodarme en las lunetas intermedias. En la pantalla se delineaba la bailarina danzando, primero joven, luego madura, y finalmente la bailarina anciana, y repetitivamente, como en un edicto, la niña, la hermana, que resurgía siempre al final de cada función para entregarle un ramo de camelias.

—Es el ángel exterminador —señalé a la niña en un improvisado monólogo. Después volví mi atención hacia la pantalla y vi las imágenes de un receso en el teatro Bolshoi. La bailarina comía bocadillos de salmón y sin un mínimo recato gozaba con la espuma de una copa de champaña. Luego otra secuencia en que corría por la nieve de espalda a cámara y al virarse mostraba una mirada tan blanca como esa nieve. En ese instante se perdió el haz de luz proveniente de la caseta de proyección. Se quebró la cinta o sabe Dios qué. Durante unos segundos la pantalla quedó ennegrecida, hasta que al fin se escuchó un pueril canto: «...¡A mí me gustan los vinos de Oporto y los ascensores, porque soy una niña caprichosa que lo alcanza todo y quiere más!...», y reapareció la imagen, y vi a la bailarina gesticular en un vídeo familiar, reproducidos todos en la pantalla. En primer plano el reloj imperial aledaño al ascensor, donde malcantaba la bailarina, a un lado de ese reloj reía la que imaginé era la hija de la bailarina, una mujer gruesa con rostro en sepia, a su lado un joven que se limpiaba la nariz con los dedos, como si estos fueran unas espátulas, mientras la bailarina jugaba con el ascensor, se divertía junto a la niña-hermana que pulsaba los mandos, subían y bajaban ante la cámara, hasta que el ascensor se atascó y produjo un sonido de invención apagada —así de imprevisible puede ser la existencia de una diva famosa—, y la bailarina fue ganada por el pánico y comenzó a sudar profusamente. La niña-hermana le secó el sudor con un pañuelo militar, veló por la hermana mayor como la diabética incurable que era, y luego que la vio regresar a la calma, se encauzó en restituir el movimiento al ascensor, volverlo a hacer una pieza mecánica que los deslizara de un punto a otro de la mansión familiar, pero fueron en vano sus infinitos intentos, y sin disipación echó a llorar, convulsionó en una perreta que acabó por aturdir a todos en la sala.

Para ese momento ya estaba harto de tanta cursilería. Partí y fuera del Mégano me sorprendí con una larga hilera de gente que deseaba hartarse con los dislates de la bailarina. Me parecieron las mismas naturalezas muertas que se aglomeraban cada día ante mi buró en la OFICODA. Ahora no buscaban las miserias que yo otorgaba, sólo iban a nutrirse de los anhelos, afanes, peleas y ruines vanidades de la ya difunta bailarina.

Transcurridos la tarde y un pedazo de la noche en mi mataperrear por el Prado, volví a mi casa y me sorprendió encontrar a Chantal sentada en la *chaise-longue* de la sala. No se inmutó y su boca enferma me recibió con una llana mueca. Mariíta le servía café, y mi hijo, a un lado, parecía un pavo real irradiado por la vanidad. En la esquina opuesta de la sala, su muchacha pintaba un trivial pez color mostaza.

—Ella es porteña y escuchó la música de nuestro hijo —dijo Mariíta señalando a Chantal—, y quiere darla a conocer en Buenos Aires.

Yo estaba aturdido ante aquella ocurrencia de Mariíta. No me gustaba que aquel retazo de otra de mis vidas apareciera junto a mi familia. Bien que odiaba a esa familia, pero eso no podía hacerme un frío tipo que pudiera permitir a una intrusa meterse en ella. No obstante dejé hacer y comenté:

—Imagino que lo hará famoso.

—Es una locura la música de su hijo, pondrá de rodillas a toda Argentina —comentó Chantal.

—¡Hasta un adelanto ha dado! —y mostró Mariíta un billete de veinte dólares.

Aquello me pareció la más inaudita desfachatez. Unos miserables dólares comprarían a mi familia. No pude aguantarme. Era un insulto, demasiado. Sin pensarlo quité el billete a Mariíta y se lo devolví a Chantal.

—Ya habrá tiempo para hablar de la plata; ahora lo importante es que él triunfe —dije.

Mi hijo me miró como a un intruso y tomó de nuevo el dinero. Se hizo un molesto silencio, y fue cuando la muchacha, la pintora, arrebató el billete de las manos de mi hijo y habló de un brindis, y fue hasta la puerta y avisó que en unos minutos conseguiría una botella del mejor vino.

—¡Te acompaño! —le dije, para librarme de aquella farsa, del entuerto en que estaba metido, y bajamos rápido las escaleras, como si ella me trasmitiera juventud. En la calle, Rebeca me explicó que lo sabía todo y más, que lo descubrió en mi mirada, que no le gustaba para mí una amante que se vistiera con unas panties tan escandalosas.

—Tú necesitas del amor verdadero. Tus sueños —dijo—, son mis esperanzas, lo sabes. Desde que pinté tu herida, tu vientre y la cicatriz, las ansias, las pesadillas, me han dicho que soy genial. Pintando un pez no soy más que aprendiz, pero cuando mi pincel se adueña de tu sentido de lo diabólico, surge algo que nadie jamás ha dibujado. Sé también lo de tu cabeza, quiero en el futuro que te quites la cabeza y yo la pintaré, una cabeza entre naturalezas muertas, y tú mirándome, yo reflejada en tus ojos. Los vi anoche —bajó el rostro con vergüenza—, Mariíta sobre ti y la cabeza en la mesa de noche, los vi por la cerradura y sentí miedo. Yo te vi como tú a mí, porque sé que me vigilas. Presiento que nos une algo que no es ni pecaminoso ni santo, nos unen tus brazos vencidos, tus tetillas inflamadas, nos une el cordón de vida en tu cintura, tus uñas llenas de tierra, el resbaloso sentido de los vicios, tus dactilares memorias, tu aliento. Pero nos separan tus indecisiones, tu ir y venir por esta Habana.

Un gato venido de no se sabe dónde —o a lo mejor era el mismo que había visto junto a mi hijo en la sala hacía mucho— suspendió el hechizo. El gato maulló y Rebeca lo atrajo hacia ella. Ya sabía que a Rebeca no le importaba el vino, que nunca le había importado. Era como si la muchacha hubiera salido a la calle a encontrar ese gato, sólo eso. Le hablaba como a un ser que conocía desde siempre y al que le rendía un culto desmedido.

—Es el único animal que puede entrar en los templos sin el permiso de Dios —me dijo.

Al volver al apartamento, vimos que ya Chantal se marchaba. Mi hijo comentó sobre la necesidad de una loción de zinc que aliviara su sarampión. Rebeca continuaba acariciando al gato y finalmente lo dejó escapar. Luego dijo que las tiendas de vinos estaban cerradas. Mentía con descaro, diría que hasta con un cierto encanto. Yo ansiaba que acabara aquella despedida. Mariíta habló de llamar un taxi.

—La próxima semana traeré el contrato —le aseguró Chantal a mi hijo. Luego Mariíta me comentó que retornaba pronto, que la pobre argentina necesitaba compañía para aventurarse a través de la oscuridad de la calle Brasil. Lo supe un pretexto para encontrarse de nuevo con Kardec, por eso bruscamente, sin despedirme, me fui a mi habitación.

Me encerré y escogí la ventana como nuevo escenario para la noche. Miré al cielo y no había una estrella, era una noche negra como ninguna. Por eso decidí saltar por la ventana y escapar a esa otra dimensión. Me conquistaba la idea de que las puertas eran las culpables de mi fatalidad. Caminé por el borde del alero, era un acróbata que se afincaba en las cenefas para no caer, hasta que salté sobre los restos de la derruida azotea de lo que había sido la casa de los infortunados Coppola.

Desde allí miré el paisaje, diferente al que se advierte desde la calle, y redescubrí los patios interiores con luces miserables enlazadas con las sombras. Cada rincón de esas casas era un zahondadero donde encallaban las sórdidas naves de la ciudad. La ciudad arrasada por el viento que enseña que el vivir es conformarse con la crueldad, conformarse con la visión de la anciana que a lo lejos recogía su descalabrada ropa de un tenderete, sufrir la terca compostura de los techos amenazantes, agrietados, revueltos en sus memorias de aguaceros interminables.

«¿Qué derecho asiste a este olvido que conduce al terrible pecado de la pereza, la insensibilidad, la insensatez que no deja resquicio a lo humano?», me dije observando al gato de Rebeca que venía hacia mí. El gato estaba exaltado por la noche, como si la ausencia de estrellas lo hiciera de una invisibilidad provocativa. Por eso creo que pasó con jactancia a mi lado, y yo lo apresé, y el gato se defendió alimentando mi rostro con dos tajos de sus garras. Fue inconmensurable mi dolor, y con rabia lo lancé al vacío y sentí el golpe seco del gato al estrellarse contra el pavimento

«Ahora el espantajo está muerto, tabulado en una dimensión de maldiciones», me dije.

Me deslicé por un lado de la azotea y fui a dar a las ruinas de las que fueron las estancias de los Coppola. «Mañana vigilaré desde este refugio para encontrar a Rebeca cuando marche a San Alejandro», me consolé. «A lo mejor aún Rebeca custodia el dinero para comprar el vino, a lo mejor podremos hacernos de una botella, recogernos en este rincón y brindar por mis sueños y por ella, por mi Rebeca, por sus tatuajes hecho con tinta china, por los vicios que elevan la moral de lo inmoral.»

Al siguiente día, alguien pregonó que era viernes. Para un maltrecho héroe como yo, los viernes no tenían el color de aquella bochornosa estación. Lo digo porque en ese amanecer el cielo se avisaba con grandes vetas rojizas que eran el más explícito aviso de los días de ciclón que se acercaban. Desde la noche escudriñaba con dolor la casa de Coppola y su hermana Francesca, mujer delicada, de melena napolitana, boca atinada, sin fárragos. Eran las ruinas del sitial que atesoraban el recuerdo de la música compuesta por los dos hermanos. Una casa con los despojos de un piano que fue sepultado en un alud, una casa que era un teatro de vestigios, teatro de puertas cerradas que había perdido el escenario.

En aquel insondable lugar fue donde se desató la historia de aquella familia que murió aplastada por los escombros, el recuerdo de la música que en los atardeceres apagaba los ruidos desesperanzados de la calle Brasil. Recuerdos de una filiación que fue vilipendiada, de la que se dijo que hermana con hermano anidaban espurios amores, que la música no era más que pretexto para ellos refocilarse, familia que huyó de Siena, en la honda Toscana, por la maldición de unos padres que abjuraron de ellos al descubrir el pecado.

Por eso, decían, los hermanos se refugiaron en La Habana y se conmovieron con la Plaza del Vapor, comieron los helados de frutas dulzonas de la calle Cuba, se extasiaron con los nísperos y los mameyes naturales, y luego de cada uno de esos paseos regresaban al piano, encanto que acallaba la confabulación de las viperinas voces. Lenguas del barrio que decían que de su unión nacían niños monstruosos, con dos cabezas, que enterraban en las paredes de su casa, a los que emparedaban para que aquellas criaturas no crecieran y que así jamás pudieran hablar de los pactos insanos. Niños que gemían al ser cubiertos con la cal viva que los convertía en momias. «Los gritos se escuchan todas las noches, hay una docena de niños enterrados allí, es costumbre italiana enterrar a los niños que ponen al descubierto las culpas de los padres», repetían los coros de las comadres.

Hasta el mal día en que la música de ángeles que recorría la calle Brasil se acalló en la gravedad, en el desplome del techo de la casa que sepultó a los hermanos, infelicidad de silencio que a todos dejó el sabor de la mala conciencia.

—Dios los distinguió, a lo mejor era cierto lo de sus amores, pero qué culpa se tiene de las querencias entre dos de la misma sangre —comenté al sentir el aroma desolado de la mañana, el aroma sin olor a café, la esencia de los bostezos como único alimento en los desayunos habaneros. «¿Cuánto de impuro hay en las mañanas?», me dije. Y agregué: «A lo mejor lo más cuerdo es volver a mi oficina y convertirme en el dócil ciudadano que siempre he sido.»

Salí a la calle y caminé evitando pisar los restos de las ratas muertas en el amanecer, las barreduras de las hormigas que las mujeres expulsaban de sus casas. Observé a la gente que iba hacia sus trabajos con pasos obstinados, con una roja lanza en sus pechos, con la devoción de los perros. Recorrí las calles que parecían más irreales, con la certeza de que ya no vería a la mujer de mi hijo y con dudas sobre mi decisión de presentar nuevas credenciales en la oficina de la OFICODA. Dudas de volver a ser el mendaz obrero del racionamiento, el hechicero que estampaba cuños para abrir los cubiles de los frijoles.

Llegué a la oficina y Carmita Balboa me conminó a respirar profundo para borrar la palidez que regentaba mi cuerpo. Luego me trajo una taza de té negro, hervido por horas o recalentado del día anterior. «No le puse azúcar, sé que no te gusta», me dijo. Ella me miró con piedad y enseguida se percató de las heridas en mi rostro. Me preguntó si había sido asaltado, los ladrones ya no creen en nadie. Carola Consuegra escuchaba con un rictus irónico y luego hizo un comentario sobre los viernes. Son indescifrables, dijo, tanto, que cuando la jefa te vea va a saltar de contentura, se moría de envidia por la subida tuya y de Cundo.

Me senté en mi buró y contemplé los cuños, los gomígrafos, los lápices y el cartapacio de circulares que me habían esperado desde mucho. Al fin decidí abrir el dique de solicitudes de dietas, traslados, gente que afuera se desesperaba porque alguien los atendiera. No hice más que decir un adelante, y entre clamores y macizas palabras, Chantal Brailler apareció de lo último del tumulto y logró alcanzar mi buró.

—¿Cómo sabías que yo estaba aquí? —le pregunté con nada de buen humor.

—Anoche fui a hablarte y no quisiste escucharme. De nuevo vengo, porque traigo el aviso de tu salvación —quise interrumpirla y ella me pidió silencio, bajó la voz—. Tu hijo, tu mujer, el espíritu de Kardec, su afectación, conspiran. Conspiran Cundo y esa muchacha que anda con él; conspiran la Nuña y el miliciano; conspiran el Vasco y la arpista; Lapera, que no te perdona lo de su mujer; conspira la niña de los pies chamuscados. Todos te quieren internado. Si no huyes, si no te escondes, vas a ser un recluso en un hospital de locos.

—¿Y Rebeca? Estoy seguro de que ella no tiene nada contra mí.

Chantal simuló que no me escuchaba.

—Ven para mi casa, sólo te molestarán los visitantes a mi consulta, pero al final de la tarde ya se habrán ido —agregó.

—¿Y qué haré con Rebeca? —insistí.

—Sólo te quiere por sus ínfulas de artista, olvídala. Una muchacha como esa jamás podrá librarte del manicomio.

—Huirá conmigo, tomaremos un tren, trataremos de que el sueño de un amigo se cumpla.

Un reclamo recorrió la oficina. Era el grito de una mulata con un niño cargado. Sentí lástima por mí y por esa mulata. A lo mejor le acuñaba una autorización para que comprara carne. ¿Desde cuándo no comía algo decente esa mujer? ¿Desde cuándo ese niño no se hartaba con una auténtica comida? Mirándola bien me pareció que tenía dientes de oro, me molestó un refulgir en la dentadura superior.

—Fíjate si es verdad que esa mulata tiene dientes de oro —le dije de pronto a Chantal.

—¿Dientes de oro? —preguntó asombrada y la observó sin recato. Me dijo: «Qué soberbios dientes se gasta la mulata, mira la pinta que tiene y cómo derrocha en lujo.» No comería carne la mulata, no comería carne su niño, me dije con placer vengativo. Los dejaría en su hambre. Mi actitud se debía al recuerdo de los dientes de oro que mi padre sin ningún pudor le arrancó impúdicamente a mi abuelo. Aún caliente el cuerpo del anciano recién muerto y mi padre los sacó usando una tenaza. Los mostró sin ocultar el orgullo del cazador que exhibe una soberbia pieza. A los pocos meses me hicieron una sortija de monogramas con ese oro, dos letras ridículas bordadas en el fausto metal: la JT de Juan Tristá.

Abandoné la oficina poco después de la hora de almuerzo. No soportaba más sostener aquella poco providencial farsa. Fui en busca de la Estación Terminal y desfilé frente a la casa de Martí, pequeña, como lustrada con brea. Un poco más allá —apenas veinte metros— estaba el caserón de anchuroso pórtico donde mi amigo Cleo me dijo que vivía. Entré, y vi una serie de habitaciones que tenían marcados los números con tinta verde, como si con ese color aplicaran irisaciones para la esperanza.

Me dejé guiar por el instinto, forcé la primera puerta y no pude con ella; luego la segunda y tampoco; fui a la última y esta se abrió, y allí encontré a Cleo de Cinco a Siete, fumando un cigarrillo en una boquilla de plata, frente a una mesa con incrustaciones en jade: ventrudos japoneses que intercambiaban sus cabezas. Encima de esa misma mesa, lucía su ridícula estampa una torre Eiffel de *papier maché*. Fijé aún más mi atención en el resto de la estancia, con las paredes cubiertas por sólidos nombres masculinos. Estaba seguro de que en aquel lugar ninguna mujer había jamás muerto al parir.

—Ya no soy el que era, probé la fracasada salvación en un tren que me llevaría a París y me condenó la falta de magia de estos tiempos que vivimos —me dijo Cleo que me había olfateado apenas llegar: como un perro reconoció mi olor.

—¿Por qué te escondes aquí? —le pregunté.

—Siempre ha sido mi refugio —contestó Cleo—. Mi padre era el bedel de este lupanar de hombres. Es mi herencia, este cuarto con sus caligrafías fue lo único que mi padre me dejó.

—¿Ahora qué se cobija aquí? —dije señalando a mi alrededor.

—El regreso a los tiempos de mi padre, ya te digo: el retorno. Necesidad de la gente de escaparse. Ahora este lugar vive la resurrección. Los solitarios del mundo vienen disfrazados de turistas a encontrar hombres que los liberen de lo fulminante. Pero nada de lo que te diga va a interesarte mucho, sigues encaprichado en ese asqueroso vicio de las mujeres. A ver, dime a qué has venido. No me digas que a nada, has venido porque me necesitas. Espero que me cuentes. Suelta toda esa carga que tienes encima.

Estuve dudoso entre hablar o no. Finalmente decidí hacerlo. No dejé nada sin referir, develé mi don de quitarme y ponerme la cabeza, de que me perseguían para perderme en un sanatorio de locos, de la muchacha de mi hijo, del odio contra mi hijo, contra Mariíta, de las ansias de ser otro, de convertirme en otro.

—No le des más vuelta al asunto, lo sustancial es que puedes librarte de tu cabeza —me dijo Cleo al yo concluir—. Probablemente podrías encontrar una cabeza nueva aquí, aunque son cabezas nacidas para descansar en espaldas de hombres. Te brindo como refugio un cuarto de desahogo que tengo al final del pasillo. Tendrás que limpiarlo y ordenarlo. Hace mucho que nadie lo usa. Para eso somos compadres, mi antiguo amigo. Compadres, y lo demás es basura. Aunque en verdad, quiero ser sincero, no sé qué harás con tu carcomido cuerpo. Quieres una cabeza nueva para un cuerpo lleno de quejas, de adiposos fingimientos, roto como todo lo que tiene demasiados años.

—O unos ojos ajenos que miren en toda su fuerza a la luna de cualquier noche —lo interrumpí provocativo.

Cleo se levantó y fue a tientas hasta un pequeño pantry al final de la sala. Desde allí habló:

—¿Por qué me agredes? ¡Ese mal de ofenderse todos por cualquier bobería! En La Habana vivimos como fieras confinadas en una misma jaula. Te voy a repetir algo, te lo dije la última vez que nos vimos, los ojos ajenos nunca sustituirán los míos. Además, ¿qué comenzaría a esta altura de mi vida si no fuera ciego? El ciego tiene una ventaja: puede imaginar lo inimaginable. El ciego no posee ninguna noción comparativa. Sólo conoce la noche, las sensaciones, el latir de los espíritus, el decurso del tiempo, los sonidos de una estrella que muere, el trazado del compás que precisa la longitud de la vida. Sólo él puede imaginar el infinito, porque el infinito está desbordado de percepciones. Además, a los ciegos, de cualquier tipo, les gusta la carne humana. He pensado mucho en comer carne humana. Varios planes se han tejido en mi cabeza para satisfacer ese deseo.

Creí que era otro de sus juegos. Desde niño gustaba probarte. Si caías en su trampa, te llevaba con él a esas perversiones o se burlaba vanagloriándose del engaño a que te había conducido con su talento de actor. Pero al observar su semblante, me percaté de que su comentario era cierto. Aun agregó, con aire suficiente, algunos títulos de libros donde se enumeraban las incontables virtudes de la carne humana. Yo nada iba a agregar si él deseaba enrumbarse en semejante suceso. Aún no sabía de los entuertos y reparos, de los regresos y vueltas que me llevarían a ser su cómplice.

Al salir de lo de Cleo, ya en la calle, encontré a un jovenzuelo que esperaba algún acontecimiento que lo moviera de su vida. Arrogancia era la única palabra que se avenía a su situación. Sólo le faltaba para ser ungido una imagen que lo distinguiera en la levedad. El joven me miró en forma provocativa, me examinó y pronto me percibió isleño, sin ningún dinero. Frente, a prudencial distancia, había un extranjero con una cámara de vídeo que retrataba el desapacible paisaje que servía de escenario al joven.

—¿Cómo ves La Habana a través de la lente? —le pregunté, y el extranjero hizo un gesto de no comprender. La imagen Habana sólo la atesoraba gente como él, pensé. Las postreras imágenes Habana reposaban perdidas en los desvanes de París o Madrid. Nosotros los nacionales no teníamos suficiente vocación como para poseer una máquina que fijara los sentimientos de la ciudad. Por eso puse mi mano ante la lente y catequicé sobre el derecho que me asistía a prohibir. El extranjero comenzó a quejarse, me atrevería a decir que a llorar. El joven se le acercó, pasó una mano sobre su sien, lo consoló. Parecía un cuadro romántico. ¿Qué iba a hacer yo? Había abandonado el triángulo de mis travesías para concluir ante una cámara de vídeo.

—Sigan atestándose de las almas de todos nosotros —les dije y no esperé sus posibles insultos. Cuando me disponía a atravesar la calle, llegó para interrumpirme el frenazo de un Zil ruso, que se detuvo trepidante a escasos centímetros míos. En la parte frontal el vehículo lucía un letrero intoxicado de herrumbre: LUCERO, Industrias Lácteas. Tocaron el claxon insistentemente y se abrió la puerta que quedaba justamente frente a mí. En el asiento delantero observé una de esas cajas donde se guardan sombreros. Al timón, el hombre de la Láctea me miraba con una desorbitada sonrisa.

—¡Llévate ese regalo, al fin puedo obsequiarte algo que mucho querías! —me dijo entre sarcástico y victorioso.

Al asir la caja no precisé lo que realmente contenía. El Zil arrancó bruscamente y dio un giro en O, un círculo en la rotonda frente a la Estación de Ferrocarril, y se perdió en el concurrido tránsito.

Abrí apenas un resquicio en la caja y vi una cabeza humana. No quería saber, había que tornar al triángulo, al Brasil mío. La cabeza resonaba como un sombrero apagado. Probablemente era una cabeza de hombre sangrada con premura en una morgue, una cabeza sin gratitud, cortada con apuro, sin rituales.

Alcancé la que fue la casa de los Coppola, sin reponerme me tendí junto a los destrozos del piano y me pregunté: «¿Qué fuerza ajusticia esta parte de mi vida, de mi descalabrada biografía?» Escuché un rumor, unos tacones que se refugiaban en aquellas ruinas. Mi raza se constituyó en aviso. Un auto policial pasó y fue cuando alcancé a ver a las mujeres. Llevaban morrales, y una de ellas —en realidad solo una era mujer, las otras eran dos niñas gemelas— me susurró:

—¡Ayúdenos, nos quieren mandar de regreso a Abras Grandes!

Presté atención a las niñitas que me miraban con ojos de gente que toda la vida ha estado sumida en la más completa infelicidad. ¿Era el albur o una insinuación obligatoria del destino el hecho de que ellas estuvieran allí? La escualidez se convertía en sentencia para las dos niñas. Vestían igual, prendas de satín, zapatos rojos de tacones, largas piernas marcadas por picaduras de niguas. Idénticas criaturas con algo que las deshermanaba: una tenía un enorme lunar en la frente, la otra no. Las nombré: Niñita con Lunar y Niñita sin Lunar.

—El lunar —comenté, y la mujer dijo que ella era la madre, niñas paridas en santo matrimonio en la ensenada de Abras Grandes, hijas de Primitivo Mendoza, que en la Santa Gloria esté. Yo no la escuchaba, me intrigaba ese lunar en la frente de una de las niñas. Parecía tener sus códigos ese oscuro lunar. La mujer penetraba aún más en las ruinas, se acercaba, igual hacían las niñitas.

—¡Malditas niguas en ese infierno de Abras Grandes —aún agregó la mujer—, mire cómo marcaron a mis niñas, mire cómo las niñas tienen sus piernas!

Las niñitas se levantaron los vestidos. Las marcas de las niguas subían hasta los muslos. Imaginé que no tenían ropa interior, que eso abría senderos para hurtar en sus no purificados cardenillos. Quité mi impúdica mirada y descubrí que la mujer observaba con descaro mi reloj. Casi quería tocarlo. Me preguntó si era de valor la joya, ¿es de oro o no? No le hice caso y contemplé de nuevo a las niñas, que mantenían sus vestidos levantados. Después dije en un arresto que mi reloj era ruso, sin valor, un Poljot. Las niñitas parecían no escuchar, alzaban más sus vestidos y ya estaban llegando al límite que yo podía resistir. La madre les hizo una seña para que los bajaran. El fracaso mío, mi voz, mi sudor, todo, quedó suspendido.

—¿Qué guardas en esa caja? —volvió a hablar la mujer.

—Sal, solamente sal —dije para impacientarla.

—¿Y quién va a querer sal?

—Yo, sólo yo quiero sal.

La mujer ordenó a Niñita sin Lunar asomarse a la calle, y que se informara si aún los policías continuaban la redada. Niñita con Lunar me miró con ternura. La catalogué como un ángel que había perdido su inocencia.

—¡Niñita con Lunar! —dije con terneza.

La niña sonrió.

—Sólo tiene sal —recordó la madre.

Al regresar Niñita sin Lunar, dijo:

—Se fueron, dicen que cargaron con decenas de mujeres.

Así recogieron sus morrales y se marcharon. Reflexioné que no había concedido espacio para saber más de esas niñas. Era un peregrino que, al descubrir una selva, aplaza sus emociones. A lo mejor una nueva ocasión me otorgaría bríos para intimar con Niñita con Lunar. Pero una voz me dijo que la olvidara. Era un eco que disertó sobre las mujeres que construyen sus reinos en las calles. «Esa criatura, ni nombrándola como el Ángel de Abras Grandes, tendrá oportunidad para sobrevivir al suicidio.» Aquella letanía me dejó desconcertado. No sabía quién era el que me hablaba. Ni por un segundo pensé en Dios, no creía en su lealtad. Sólo ansiaba una mujer, aunque esta fuera de bronce.

6

«Si al menos ese piano tocara una canción de amor y al fin me regalaran la carne flamante de mujer que tanto deseo», me ilusionaba.

Corría la noche y el piano no daba señales de vida. Por eso decidí sacar al fin la cabeza de la caja. Era lo esperado, una vulgar cabeza robada de una morgue, apresuradamente cortada, una cabeza que jamás concordaría con mi cuerpo, que nadie reclamaría, una cabeza para fosa pública, para disección de estudiantes de Medicina. Por eso resolví olvidarla, cubrirla con los escombros que yacían en aquel lugar para jamás volver a pensar en ella.

Luego escuché unas urgentes pisadas. Imaginé que regresaban Niñita con Lunar y Niñita sin Lunar. Fui hasta la antesala de las ruinas y me encontré con Rebeca. La atraje hacia mí y ella intentó gritar, cubrí su boca con dulzura y le hablé: «Soy yo, aún presa de las razones de la locura.» Ella se arregló el vestido, lo entalló en su delgada cintura. El gato, que creía muerto o en un espacio lejos de la vida, permanecía de nuevo inmutable junto a Rebeca, el gato que yo había lanzado al vacío se hacía inseparable de la muchacha.

—¡Acompáñame a un lugar tranquilo! —le imploré, y Rebeca, después de repensarlo, se agachó y hundió sus manos en el pelaje del gato, para de inmediato adherirse a mi resolución. Argumentó que por un instante regresaría a la casa. La vi partir dejando el gato a mis pies. Reparé que el gato tenía su cuello y cabeza unidos por una inocua resina. ¿Dispondría el gato del don de vidas en la sustitución de su cabeza? Los ojos del gato eran amarillos. Antes los había creído negros, pero en realidad eran de un amarillo espacial. Me daba un no sé qué aquel gato, por eso lo espanté, lo hice escapar.

Rebeca volvió con telas, caballete, estuches con óleo, pinceles. «Vamos», dijo, arrastrándome por escabrosos portales, y en un extenso rodeo desembocamos en la que fue residencia del poeta Julián del Casal. Así rezaba en una placa en la puerta. Allí una anciana nos despachó en su posada de miseria.

—El pago lo hacen al final y les suplico un mínimo de decencia —dijo la anciana. Rebeca la interrumpió y comenzó un alegato sobre las miles de contingencias que nos hacían víctimas del imposible amor. El amor real es indecencia, pecaminoso como el crimen, agregué yo con mi desesperanza. La anciana no escuchaba, solo repetía que lo vital para ella era su negocio. No le interesaba lo ajeno, lo ajeno eran la noche y sus arribos.

Finalmente le dio la llave a Rebeca. Yo quise decir algo, y la mirada de la anciana me intimidó al silencio. Rebeca, sin darme tiempo a reaccionar, abrió una puerta y otra y otra puerta. Tímidamente la seguí hasta una habitación desaliñada, donde precipité mi materia fósil sobre una cama de hospital.

—Esta era la pieza de don Julián, pero hay muy poco de él aquí, no existen ni sus batas de seda, ni sus hechuras de bambú, ni sus perfumes de opio, ni su zapatería, ni su colección de *La Habana Elegante*, ni su camisería bordada. Posiblemente sólo eran suyos el aguamanil y ese sombrero verde sobre el armario, que dicen que antes tuvo una pluma de águila, y que don Julián, tan amigo de las revocaciones, arrancó y cambió por una pluma de cernícalo, ese pájaro que devora a sus crías —me hablaba Rebeca, paseando su ardorosa juventud, su escandaloso cuerpo—. Yo la miraba como si fuera a embriagarme con un frasco de violeta genciana. La contemplaba como a un barco que despedaza su proa frente a las olas, la imaginaba desnuda en el soplo de aire del sur que la proveería de mis ensoñaciones.

En aquella cama de hospital, soñaba que Rebeca se despoblaba de ropa, que allí abrazaba mi cintura, recorría mi convite. Luego le obsequiaba el beso fuliginoso, seguir ese cuerpo con la certeza de que toda mi existencia no otorgaría el tiempo para ascenderlo. La cama se movía en la fuerza de las figuras evocadas, visitaba los dibujos en los espejos, los axiomas que penetraban mi lucidez. Cada palabra hacía rememorar cantares que indultaban los perdidos anhelos de Julián del Casal, cada sonido era un mimo refrendador de los ecos.

—¿Viniste aquí con mi hijo? —le pregunté.

—Sí, fue la única época en que fui feliz con él —me respondió—. Ahora quiero que te duermas —suplicó.

La cama reproducía las voces de las orquestas que para entonces comenzaban sus tandas. Volví a imaginar a Rebeca en un regocijo que la hacía orinarse en risotadas de gloria, y yo, borracho con su pubescente orina, me inventaba en una lejanía donde confeccionaba una bata de organdí para una Rebeca niña. Una lejanía donde tatuaba las profecías del dragón en el cuerpo de esa infantil Rebeca, proyecto que aprovechaba para acariciar sus muslos.

Ansiaba ver a Rebeca alumbrada. Necesitaba de unos feraces lentes para contemplarla como a una figura.

Deseaba un profético beso de Rebeca, el agridulce sabor de su saliva, el suspiro con que ella me recibiría para diluir en sus fragancias las cuchilladas de mi amor.

—Un pequeño beso —supliqué y ella colocó unos fríos labios en mi frente. Indudablemente Rebeca sólo buscaba en mí la sustancia imaginativa, como me había alertado Chantal. Su propósito era llenarse con el fervor lúcido de mis pesadillas. Quizás deseaba secar mi imaginación, trasplantarla y hacerla suya, suspender el adoctrinamiento a que yo la obligaba. Por eso me propuse negarle mis fantasías, pero mis ansias de dormir eran tan grandes como mi escasa voluntad para resistir los empujes del letargo. Esa noche soñé con una mujer que despedía a su amante desde una ventana donde colgaban flores de la peonía. Hasta hoy no he sabido quién era esa mujer, en qué geografía estaba aquella ventana.

En la mañana descubrí que Rebeca había escapado. Deseaba sentir gratitud para la mujer que huía y ni un poco de ella inspiraba mi corazón. Sólo existían las sentencias. En la cama, entre las sábanas, encontré un billete que intuí eran los dólares obsequiados por Chantal a mi hijo, los dólares para el vino que Rebeca jamás compró. Me aseguraba de su autenticidad, cuando un toque suave en la puerta interrumpió mis comprobaciones. Abrí un resquicio y escuché la voz de la anciana posadera que me recitaba el mensaje dejado por Rebeca al partir, en el que me impelía a esperarla hasta el anochecer. Desbordado por la mentira, ofrecí el billete a la anciana.

—Creo que con esto pago —le dije.

—Sí, hasta la noche podrás quedarte, hay amenazas de vientos malos y nadie vendrá por aquí —dijo conciliatoria.

Cerré la puerta con frustración y fui hasta el aguamanil y me eché agua en el cuello. Lo palpé: perfecto como una escuadra. Me contagié con el bullir de la calle, con las voces de los pregoneros, con los gritos desesperados de los habitantes de las ciudadelas. Mi cuerpo se había transfigurado en un caudal de sensaciones, me permitía asimilar las imágenes y las consonancias procedentes de los lugares ocultos de la ciudad.

«Lo extraño es que ya no vislumbro mi futuro», me dije y presencié en el espejo mi obra terrenal que me apostolizaba como un amante desamparado. A lo mejor por eso era poseído por impulsos reales para matar. En mi juventud me atormentaba contemplar la muerte. Antes no era el malsano predicador que pensó lanzar a su hijo por una ventana, que ansiaba la cabeza de otro ser y que, para lograrlo, se concomitaba con los malos pensamientos.

Pasé el resto del día bajo esa retahíla de maquinaciones. Al llegar la nueva noche, comencé a vestirme. Era tal mi aturdimiento, que casi caí al intentar calzarme los zapatos, el propio reloj era un estorbo. Como pieza vital en mi nuevo disfraz, me embutí el sombrero que había sido de don Julián. Mi cabeza apenas lo sostenía. Me miré al espejo para reprocharme por segunda vez que Rebeca nunca retornaría.

Irritado abandoné aquel palacio. En la calle sentí un viento que no cejaba y una llovizna que aún menos daba tregua. Me dirigí hacia las ruinas de los Coppola, donde al llegar vi el resplandor de una fogata. Me asomé y descubrí a una decena de mujeres, entre las que se destacaban Niñita con Lunar y Niñita sin Lunar. Todas aquellas mujeres ensayaban un baile, se movían alrededor del fuego en un fandango liberatorio, palmoteaban sin importarles el ruido, sin temerles a los policías. Festejaban alguna conquista.

—¿Quién es? —dijo una de ellas señalándome. Accedí a las ruinas y miré la fogata hecha con los restos del piano. Habían profanado ese territorio de obligada peregrinación. Eran una plaga que no dejaba viva una pieza de La Habana. Merecían un castigo, ser marcadas.

—Es el hombre de la sal —dijo conciliatoria la madre de las niñitas, para de ahí explicar que su hija con lunar acababa de ganar la lotería gorda en Madrid, es rica, recién nos enteramos. Terminó la miseria, al fin le viramos la cara a la miseria. Mire que yo peleé cuando ella se acostó con aquel gallego muerto de hambre que pagó con una sarta de billetes de la Lotería Primitiva. Y ya ve, ganó, somos ricas. Pronto iremos para Madrid, a lo mejor allá somos personas decentes, sin niguas… Pero a mi niñita se le apagó el lunar cuando supo de su suerte. Es como si presintiera algo malo en ese viaje que emprenderemos.

Decirle de la voz que hablaba del suicidio de su hija iba a parecer pura charlatanería. Madrid era un lejos impreciso, a lo mejor la Niñita con Lunar lo que deseaba era quedarse acá en La Habana, formar una familia, casarse, encontrar un hombre, aunque fuese mayor, y con él emprender una vida no salvaje, buena, de matrimonio cristiano. Todas esas soserías pasaban por mi cabeza, y como en una arenga la voz insistió en repetirse, y dijo que sólo con un acto de mucho valor, y como se sabe todos los actos de valor poseen la impronta de la locura, podría salvar a Niñita con Lunar.

—¡Teófobas! —grité esa ridícula palabra que aún no sé de dónde saqué y tiré mi sombrero y me quité la cabeza. Descubierto al resplandor de la luz de las llamas, mostré mi cuello como legítima insinuación. Creí que con ello salvaría a la niña, que ella iría a caer en mis brazos como su más fiel protector.

—¡Está loco! —dijo Niñita sin Lunar y todas las mujeres salieron corriendo. Aún tuve tiempo de colocarme la cabeza y detener a Niñita con Lunar y suplicarle que me acompañara, que huyéramos a algún lugar donde la haría feliz. La niña me miró azorada y corrió más que las otras.

Después de este quebranto, fui en busca del cabaré Nacional. Hacía bastante que no iba. Necesitaba ordenar mis ideas. Pasé frente a las tiendas con sus vidrieras consumidas en la indigencia. La ciudad dormía y las putas sin suerte lucían telas apagadas, sin esperanzas de encontrar el socorro de una noche buena, de una Lotería Primitiva, sólo lluvia que corría por sus fementidos cosméticos.

—La madre se comió a su hija —escuché cuchichear a un anciano con otro, frente al Gran Teatro, por la acera del hotel Inglaterra. Sin prestar atención miré a través de los cristales al interior del hotel, y dentro, bajo las arañas de luces, observé a los ricos de este mundo Habana, que eran pobres en su mundo Berlín o Roma. Y un negro con chaqueta de galones comentó de la madre asesina que buscaban y luego me dijo, apártate del cristal, lo vas a empañar, y le respondí que yo era extranjero y vivía en la Isla por el gusto de lo exótico, por eso tienes que dejarme ensuciar los cristales, porque soy lo extranjero.

Crucé la calle, maldije y reí a la vez. Entré en el Nacional y lo observé volcado a una penumbra que no obstante me permitió contemplar a mis amigos alborotados en un brindis perpetuo. Cundo empuñaba su muñón como una pistola. Era demasiado aquel alboroto y evité tropezar con ellos. No creía que formaran parte de una conspiración, como afirmaba Chantal. Lo cierto es que se había cerrado la órbita que me ataba a ellos. Sólo se salvaba en aquel lugar la arpista que conseguía preciosas notas con su arpa. En el escenario era una princesa de algún delta de los ríos de África. La seguí en la melodía, inventé una letra de canción para brindar por su belleza, improvisé, yo quiero que me quieras, tarareaba, quiero que me ames tú también, negra linda.

¿Pero qué podía mi canto en aquel salón de sumidero? Por eso me dije que a la porra el Vasco, Lapera, Rubina, todos. Volví a la calle y el golpe de la lluvia me estremeció. El negro del traje de galones del Inglaterra me llamó para decirme que ya habían descubierto a la asesina, que acababan de encontrarla en el gimnasio de los boxeadores junto al cine Payret, escondida debajo del cuadrilátero, ya sin sus magias, sin la sapiencia de sus fiebres lumínicas de TV. Porque la asesina es la actriz, la Lucecita de ese programa de las siete de la tarde en la TV, la que hacía a Blanca Nieves, hablaba sin detenerse el negro. Toda una vida con el mismo papel, cincuenta años mordiendo la misma manzana, enfrentando a la bruja, y la manzana y la bruja la pudrieron. Porque no se puede hacer lo mismo por medio siglo, señor, eso lo sabe cualquiera, y ella mató, hizo de la hija una víctima. Ella, la Lucecita, la actriz envejecida, apalabraba los mismos bocadillos, se besaba con otro viejo que hacía el Príncipe, ansiando un Príncipe verdadero, mientras la hija y su juventud la esperaban en la casa. Lucecita odiaba a la hija aprendiz de artista, la hija que amenazaba con sustituirla en su papel de Blancanieves.

Por eso la mató, cortó cada pedazo del cuerpo de la hija, lo dividió como a una mariposa y lo horneó pedazo a pedazo, señor. Ella se comió a su hija, y sólo quedó la cabeza, y con la cabeza la Lucecita fue al malecón, quiso tirarla al mar y la apresaron, vieron en sus manos la cabeza de la niña, la juventud de la hija en esa cabeza, y Lucecita logró escabullirse, huir. Redadas y más redadas, hasta que la encontraron hace un momentico debajo del cuadrilátero del gimnasio, cagada del sudor de los boxeadores.

La gente marchaba presurosa hacia el gimnasio. No les importaba la lluvia, sólo apalear a la infanticida. Era la hora de huir hacia una realidad propia. La Habana, me dije, no podrá perpetuarse así, algo la transformará. El negro del hotel Inglaterra me observaba al alejarme, sin detener su hablar sobre el crimen. A lo mejor me creía realmente un extranjero.

Circundé el Gran Teatro acechando al viejo miliciano que esculpía su perennidad en esa puerta. Con suerte vislumbré al bailarín del cuello largo que conducía a su cómplice bailarina en un continuo intercambio gestual. Eran una pareja de seres rotundos, prestos para ser cazados bajo la lluvia que se hacía cada vez más intensa. Seguramente venían de un ensayo. No habían tenido tiempo o deseos de quitarse sus indumentarias. El bailarín vestía un traje de luces, la bailarina un insuperable tutú. Sus zapatillas parecían objetos de una pulcritud puesta a prueba por las aguas albañales que comenzaban a llenar las calles.

Yo los seguía a poca distancia. Iba apegado a sus sombras, como si fuera a llevarme los secretos y escándalos de sus cuerpos. Frente a La Zaragozana, restaurante con su festín de vinos y ostiones, el bailarín pareció reconocerme. Hizo un saludo que no supe si fue para mí o hacia el cielo que como un diamante en bruto desataba un viento asolador.

—¡Eh! —devolví el supuesto saludo. Pero no me tomaron en cuenta y la pareja siguió sus pasos dominada por la conquista de la calle Brasil, donde primaban los desanimados vuelos de las cucarachas que profanaban el paisaje consagrado a la tormenta, un espacio de música, un cerro de tamboriles, flautas, címbalos, acordeones, un disfrute de trompetas, cascabeles que se colmaban con un relumbre que comenzaba a aturdirlo todo.

«¿Dónde está el principio o fin de esta calamidad?», me dije al ampararme en las ruinas de los Coppola, y sin mi sombrero, que en algún instante el viento se llevó, sin dejar de escuchar cómo la tormenta se enviciaba con la música pujante, reclamando para sí el señorío de todos los sonidos. Durante media hora estuve allí, llovía con una atronadora y mayor furia. Pensé que pronto La Habana se convertiría en un cementerio, el agua llegaba a mi cintura. Finalmente la música cesó durante un instante y el tamboril hizo un solo, y se escuchó el bramido de un animal. En ese momento vi al bailarín que retornaba con gran esfuerzo y salí a su encuentro:

—Nos vamos a ahogar —lo alerté, y él dijo algo indescifrable. Mi emoción era tanta que no sentía el estado físico de mi materia. Por mi cabeza pasaba un saturnal. Una sonrisa asomaba a mis labios. Intenté volver a hablar y sólo surgieron incoherencias. El latir de mi corazón apagaba el rigor del pensamiento. Tal vez un idioma invisible me devolvería la autoridad de la coherencia. Pero yo no quería hablar, tenía tomado de la mano al joven. Actuaba así para que la corriente no fuera a cobrarlo como víctima. Si debíamos perecer, seríamos los dos. Así juntos, decididamente juntos, no teníamos otra salida. Sólo la casualidad o el buen destino nos salvaría, o me salvaría a mí, a mi relativo auto de fe.

De esa reflexión me sacó una avalancha que nos lanzó en una tromba que provenía de algún surtidor infinito. «¿Qué es?», el joven tuvo tiempo de preguntar antes de hundirnos en aquellas innobles aguas, para resurgir los dos sin aliento. Viajábamos en aquella vastedad carente del mínimo asentir de los rumbos, aguas que tomaban las más disparatadas sendas.

Si aquel vendaval era loco, forzosamente mi locura había de tener una explicación no excéntrica. Aquella insensatez de la naturaleza era el parto colectivo de los elementos. Mi locura era parte de mi recreo liberatorio, esparcimiento de mi alma, de mis esponjosos sentidos. Al generalizarse —hablo de la locura—, al imbuirse de mis juegos, lo natural entraba en el reino de lo irreal. Era un juego acompañado que señalaba que mis desvelos, mi amor por la cabeza del bailarín, no era locura, sólo añoranza.

—Eres mi cómplice —le dije al joven en un momento en que la tempestad nos dio respiro. Luego no pude sustraerme de acariciar el mechón de pelo húmedo en su frente. Aquel rostro sería parte de mi futuro, y por eso impulsé al bailarín a luchar contra los elementos que se desencadenaban. En ese preciso segundo, avistamos el fulgor de unos cuernos que supe el ornamento de la carnicería de la calle Paraguay. Recorrimos el espacio que nos separaba de la reja protectora de la carnicería. La corriente en ese lado era menos intensa. Violentamos la reja y, ya adentro, contemplé al joven con su traje de luces y le dije:

—A lo mejor hoy es nuestro día de suerte y nos salvamos.

Dediqué mis sentidos a observar aquel ámbito en que antaño descuartizaban las vacas. Miré los cuchillos, la chágara para el filo redentor, el mármol de la meseta de expendio de las carnes, la nevera sumergida en las aguas, los ganchos de macizas arboladuras. Volví a los cuchillos clavados en el bolo de majagua. El hacha a medias oculta por las aguas, con el mango afuera, que me invitaba a tomarla y derribar al joven bailarín. Acertar el golpe que solamente logra la mano salvadora, la mano que sabe que la liberación tiene incontables sacrificios. Golpe que sería sucedido por los cuchillos, separar cada vena radial, cada vaso con hilos de sangre, limpiar cada pulgada de carne y al fin poseer la cabeza del bailarín.

Recuerdo nítidamente el instante en que levanté el hacha y me dispuse a golpear con su revés en el pecho del bailarín. Él aún tuvo tiempo de gritar: «¡No me mates, déjame vivir!» Retuve el golpe en el vacío, lo dejé hablar, para mí su diálogo fue un discurso largo y, sin embargo, duró apenas segundos. Finalmente el hacha quebró el esternón, el hacha resonó como si desfondara una caja. La sangre salpicó mi cara, me contaminé con ese sabor a sangre, y el bailarín aún pedía clemencia, gritaba tanto que yo tenía que acallarlo. Con otro golpe por la cintura logré que cayese sobre el bolo y él seguía gritando, pataleaba, aún tenía fuerzas y me arrancó una tira de la camisa, enterró sus uñas en mis manos. Me le empiné encima, hundí mi rodilla en su pecho, lo ahogué con el peso de mi cuerpo, ahogué su corazón. Y tomé un cuchillo y lo clavé en ese corazón, otro cuchillo para ese corazón, todos los cuchillos en ese corazón, y de nuevo mutilé ese cuerpo, porque jamás sería mi cuerpo, porque jamás conquistaría ese color de la belleza.

Al fin un estertor, un ronquido, hizo aquietarse al bailarín. Con el cuchillo más largo corté su cabeza. A tientas puse mi vieja cabeza en el cuello destrozado del joven, pero se negaron a unirse. Así, a oscuras, instalé la cabeza del joven en mi cuerpo. Me vi en una imagen difusa, fue la última imagen que el bailarín pudo captar con su cabeza antes de morir. Me vi con el hacha en alto. Cuando esa imagen se borró y prevalecieron mis propias e íntimas imágenes, entendí que tenía que huir. Minuciosamente revisé cada rincón de la carnicería. Limpié de mis huellas el hacha y los cuchillos.

—He perpetrado el crimen perfecto —me dije.

Durante breve rato me lavé cuerpo y ropa intentando borrar la sangre. Observé mi antigua cabeza, mi auténtica y siempre acompañante cabeza hasta ese momento. Algo tenía que hacer con ella, desaparecerla. Era improbable convertirla en una entidad irreconocible. Tanto se sabía ya sobre la sangre y las carnes de los hombres, que esa solución me podía condenar. Lo mejor sería largarme a la calle y destapar una de esas cloacas y abandonarla. Fue la resolución que tomé. Pero en el último momento, sosteniendo la cabeza en alto, lista para el salto, la cabeza dio indicios de vida. Habló, renombró recuerdos, en un alegato que me alertaba que yo jamás volvería a ser el mismo. No le respondí, no tenía nada que decir. La dejé partir sin que mi conciencia mostrara comedimiento.

Para ese momento estaba consciente de que tendría que irme a lo de Cleo. Dejé atrás aquella carnicería y el cuerpo exánime que pronto iba a ser hallado bajo el desgarrado traje de luces. La tormenta había esparcido una estela de destrucción. Caminé y me vi frente a la estación ferroviaria. Las locomotoras con sus faros encendidos habían esperado pacientemente el fin del diluvio. Yo avanzaba contra lo que restaba de corriente, contra el refluir que arrastraba las reliquias de la ciudad.

Me detuve frente al refugio de Cleo y empujé la puerta, y al abrirse lo encontré sentado sobre las piernas del mismo joven que vi frente a la cámara de vídeo del extranjero. En ese instante el joven era menos pretencioso, como si lo dominara un espíritu maternal. Al verme, se quitó a Cleo de encima y dijo que quería escuchar por Radio Vaticano la homilía del Santo Padre.

—Ve y escucha al Santo Padre, sé cuánto lo respetas —dijo Cleo para desembarazarse del joven, y luego sin inmutarse fijó en mí sus atávicos ojos—. Si yo fuera polaco como el Papa me gustaría vivir en una playa del Báltico y no en Roma —hizo una sutil mueca y sonrió.

—Yo soy tu amigo —dije.

—Estás tan desesperado que crees que no puedo olerte —me respondió.

Cleo se acercó, registró mis mejillas como si en verdad estuvieran hechas de una sustancia impía. Me preguntó si aquella era la belleza elegida y yo asentí con un sí ansioso.

—Cámbiate de ropa, te cogerá un catarro del Nilo —se burló—, ve a la habitación mía y ponte lo que encuentres.

Regresé con una camisa de guinga y unos pantalones que me quedaban cortos. Seguramente eran del joven. Cleo argumentó sobre sus desatinos con el amor, pero aclaró que el real pecado era vender el alma para con-

120

quistar el cuerpo de una mujer, el innegable pecado, igual a ese tuyo, porque en verdad el pecado se estrenó con Adán y Eva. Adán en los iniciales momentos no se hacía acompañar por otro Adán y, por tanto, las memorias no recogen este pecado mío, no lo castiga. Sin embargo, tú mataste por esa nueva cabeza. Debiste al menos avisarme. Así yo hubiera experimentado al fin con la carne humana.

—En la carnicería de la calle Paraguay abandoné el cuerpo —lo desafié.

—Ya ese lugar debe ser un escándalo. A la gente le gusta contemplar la muerte ajena, más si es violenta. No les importa si aún llueve o no, allí están. Son como las moscas cuando olfatean un cadáver.

—Casal escribió sobre la muerte y los evangelizadores. Él profetizó todas estas muertes que ahora han ocurrido en La Habana.

—¿Quién sabe si Casal está vivo y es quien las propicia? —dijo Cleo muy serio.

Hizo un alto y me propuso tomar un té. Yo le manifesté que deseaba descansar y repetir mis sueños con un jardín chino, un jardín que borrara mi esclavitud con la muerte recién hecha. O a lo mejor irme de nuevo a recorrer La Habana. Él me dijo que hiciera lo que se me antojara, que me recomendaba acostarme un rato en su cama o si quieres ve al cuarto que ya te brindé. Debe estar sucio, sin luz, pero de todas formas anda y olvida quién eres.

Cleo me entregó la llave de aquella habitación. En ese momento regresó el joven, que estaba consternado, el Santo Padre había dispuesto la lista de los pretendientes a canonizar y en esa lista no aparecía Félix Varela. Aseguró que el Papa había dicho que había un cielo muy especial para los elegidos, que debía comprenderse aquella poco concurrida lista. El muchacho se preguntaba qué invalidaba a Félix Varela. ¡Escogen a los tramposos que tuvieron un historial milagroso!, dijo el muchacho con ira. Yo intenté tranquilizarlo con el comentario de que no le hiciera mucho caso al Papa, él es polaco, y bien se sabe que todos los polacos son judíos. El joven me replicó que no me atreviera a blasfemar del Santo Padre y los judíos. Que no se me ocurriera. Me miró con el odio de los fanáticos.

7

DECIDÍ FINALMENTE REGRESAR a la calle y descubrir la mañana habanera que se manifestaba con árboles tendidos, con barro en cada esquina, con insepultas mugres. Desde las aceras del Capitolio observé cómo la ciudad emprendía su resurrección bajo el olor podrido de las marismas. La gente comentaba sobre la noche, discernía sobre un solitario ojo que llegó como un vidente y en su rugir había colocado todo patas arriba, destrozó balcones e hizo sucumbir a media decena de ancianos.

—Ese viento exterminó la vida —dijo una mujer china, mulata y china, con una pegatina de la virgen de la Caridad en su pulóver. Un carro funerario pasó atestado de ancianos. No cargaba ataúdes, sólo cuerpos desnudos, ahogados. Ancianos con las manos crispadas para las plegarias que no fueron escuchadas. Frente, en el medio de la calle, una jicotea se aventuraba a pasar con un amuleto rojo atado a su cuello. ¿De dónde había huido? Un poco más allá, bajo el mezanine del cine Payret, pude contemplar a mis amigos, al manco Lapera, al Vasco, a la negra con su arpa, y a la Rubina con su inconsolable respiración. Venían de la fiesta en el cabaré, seguían en la fiesta sin importarles los desafueros de la tormenta.

—¡A esos los podrás engañar, pero lo que es a mí no! ¡Tienes que cambiar ese paso tuyo que te muestra como un sediento, te reconocerán apenas mirarte! —escuché desde un camión Zil que se detuvo a mi lado, el camión de la empresa Lucero—. Ahora tienes cabeza nueva, te felicito, pero te alerto que durará poco y se te pudrirá. Parece que no te gustó la que te regalé. Era la ideal porque no tenía quien la reclamara. Era la de un pobre pordiosero. Sin embargo, tu vanidad te llevó a escoger la que ahora tienes. No me caben dudas de que por su atractivo pronto tendrás a todos detrás de ti. Al final del camino te veré como a la Rubina. Ha concluido el primer acto.

—¿Qué quieres? —le pregunté al hombre de la Láctea.

—Ven, móntate —dijo.

Abordé el Zil y el hombre aceleró, violentó la luz roja de la esquina del Payret y corrió Prado abajo. «Ya no bailaré en el Congreso —hablaban en mi interior, indistintamente, la conciencia del bailarín y la mía—, ya no estaré en el instante en que una niña recite versos patrióticos, no abogaré por la igualdad, no blasfemaré. Sólo me queda regresar a Rebeca, porque en última todo no es más que el camino hacia Rebeca.»

—Déjame en cualquier esquina —dije.

—Te quitaré sólo un momento, quiero que veas la pequeña choza donde vivo —insistió el hombrecito de la Láctea.

El Zil se detuvo ante el hotel Sevilla. Bajamos y el hombrecito me dijo que lo siguiera. Entramos al hotel por un lateral que conducía a la cocina. Las sartenes humeaban y un haz de luz penetraba por una claraboya e iluminaba el apio, las cebollas y las rígidas carnes de los pescados.

Tomamos el ascensor, que nos llevó a una suite tapizada con fotos de vacas de grandes ubres, vacas con medallas de las ferias ganaderas del Camagüey, fotos de incoloras vacas de Boston. En un antiguo aparador, una treintena de maletines color gorila fulguraba sus gemelares identidades. Junto al ventanal una mesa larga, rústica, abrigaba barómetros, termógrafos, erlemeyers grávidos de sustancias coloreadas.

—Es mi reino —volvió a hablarme.

Yo miraba hacia un tenue arco iris en el horizonte del mar. Miraba el reguero de antenas de TV, de parábolas clandestinas construidas por los habaneros para ver bailar la luz del mundo. Mientras tanto, el hombrecito seguía su perorata sobre las virtudes de la impunidad, citó a Santo Tomás, blandió un tomo de Platón, y destacó que en la noche se estrenaría el Congreso y también se celebraría otro gran acto en ese mismo hotel dedicado al día mundial de la meteorología.

—Me dividiré en dos partes, pero me molesta sobremanera servir en ese acto meteorológico. No supieron predecir el vendaval de anoche y sin avergonzarse harán una ceremonia, a la que también atiborraré de yogures. No confío en ningún meteorólogo oficial, he ahí la explicación de mi observatorio, mis detectores de los cambios de presión, mis localizadores de los sonidos que emiten las tormentas nada más nacer, porque el tiempo, querido amigo, decide los caracteres, los cambios en el humor, las noticias en los periódicos. Vivo a razón de los congresos y verifico cómo el aire influirá en los riesgos que implican las palabras. La perfección no existe, pero trato de alcanzarla. El azar es una aventura demoledora. Soy un músico, la orquesta debe armonizar a la perfección.

Me pareció bien ridícula toda aquella palabrería, esa retórica hueca que siempre tenía a flor de labios. No obstante le pregunté:

—¿Qué harás cuando desaparezcan los congresos? Porque alguna vez tendrá que acabar toda esta locura que les arrebata el sueño a los habaneros.

—No desaparecerán nunca. No seas ingenuo. Creo que habrá más. No hay política sin rituales. Esta misma noche se escribirá una página más en el memorial de los congresos. Y tú apartado de él, como si padecieras una enfermedad que no te permite asistir. Si la inteligencia no se te negara, le pedirías disculpas a Cundo y te reintegrarías al Congreso.

—Sólo quiero a Rebeca, sus conjuros de amor.

—Todo eso es pamplina, no hay amor en este mundo.

—Tiene que haberlo, porque sin él todo sería una gran mierda.

—¡Ya es mierda, yo soy mierda, tú eres mierda!... ¡Despierta!

Bruscamente hicimos silencio y luego él encaminó la conversación hacia una irlandesa que fue su amante en Boston. Una mujer hermosísima, describió, una mujer de ojos celestiales, de cabellera rubia que le caía a media espalda, una mujer que inspiró a Poe a escribir el más armonioso poema de amor. Ese mismo Poe que me la quitó, por ese embrujo de los poetas para subvertir corazones femeninos, pudrirlos con la belleza de sus juramentos. Por eso te digo que lo único que tenemos los hombres para defendernos de ellas es nuestra veleidosa alma. Ninguna mujer merece la pena, ni un sufrimiento nuestro. Vuelve a la calle, Juan Tristá, y decídete a ser un desvergonzado con esa nueva cabeza. No se te negará ninguna mujer, aprovéchate. Es la única forma de libertad que aún queda en esta Habana, no hay otra, subrayó.

Al abandonar el hotel, observé cómo en tan breve tiempo las calles habían recobrado su dinamismo. Parecía como si no importaran los ancianos ahogados, los escombros que la tormenta dejara a su paso. Varias brigadas colocaban carteles en saludo al Congreso. Tenían dibujadas manos anhelantes entrelazadas sobre la palabra «igualdad». Eran propagandas idénticas a la que una vez mal pegué en las calles que conducían al Convento de Santa Clara. Me dije de la falta de irradiación en todo lo que veía. Las palabras, cada pieza del lenguaje, habían perdido el fulgor de los tiempos en que las cosas tenían al menos algún sentido. Eran iguales signos y no obstante no reflejaban impresiones humanas, no reflejaban soles, nubes, musas desnudas. Por ello creo que a nadie le importaba nada, se habían perdido los recuerdos, cada cual estaba por convertirse en el sobreviviente de una guerra entre tigres y elefantes, a lo mejor contra las cucarachas de mi calle Brasil.

Hay que burlarse de la mala vida, de quienes nos han quitado las ganas de vivir, me dije. Transitaba la Acera del Louvre protegido por las columnas. Desde mi irrisorio escondrijo podía ver cómo llegaba un auto tras otro al Gran Teatro, cómo el mismo viejo miliciano abría puertas y puertas de autos. En la noche comenzaría su marcha el reloj que repetiría el lenguaje temeroso, el depravado asentir, el embeleso de los gordos, intenté hacer innoble literatura. Acaso lo proverbial, o mejor decir, lo que vemos siempre, no es más que un fino acto de premio a la traición.

—Son tan miserables que hasta acuñarán sellos o monedas en saludo a su Congreso —me dije como si yo no hubiera formado parte de aquel embrujo.

Cerca de mí, en los portales del hotel Inglaterra, descubrí a Mariíta. Se había hecho una permanente como la que lucía al escapar con Kardec. Debía oler a hierba recién quemada. Yo, que había sido su marido, me preguntaba por infinita vez cómo me había rebajado tanto, cómo resistí esa sucesión de años junto a su imagen. No dudaba que ella vigilara lo que creía mi segura presencia en el Congreso. Algo querría la muy ladina.

Pasé a su lado y ni cuenta se dio. Ya yo no era el mismo. Lo repito como una letanía, porque no me acostumbraba a que mi acontecer, reciente o no, quedara relegado. El pasado, la gente de ese pasado, eran bienes ajenos. Mi cumpleaños estaba marcado en la noche de la carnicería, el nacimiento a partir de la noche de la carnicería. Desde ese arte tendría que fraguar lo cotidiano. ¿Y cómo nombrarme? El Juan Tristá era recuerdos, el nombre del bailarín no lo sabía. Siempre quise que me llamaran Alejandro, el macedonio que construyó la ciudad de Alejandría. Sería Alejandro, gratitud para lo clásico, a lo mejor un homenaje para aquel Borges que mal leí en mi juventud.

—¡René! —reconocí la voz de la bailarina amiga del bailarín. Mi cabeza quiso responder y la reconvine. Quieta se plantó y eché a caminar. Detrás iba la bailarina, repitiendo su impertinente monólogo. No podía delatarme e ir directo a mi casa o lo que había sido mi casa. Troté hacia el Barrio Chino y me deslicé por bajo su falso pórtico. Me escabullí entre los negocios. Daba zancadas entre guirnaldas y farolillos derribados por la tormenta. «¡René, René, René!», me perseguía ese nombre que debió ser el del bailarín, hasta desembocar a un callejón donde vi a un chino joven, con una sortija de agua marina. El joven me retaba con un bastón en alto, como si fuera una figura de arcilla que me impediría pasar. Pero no era conmigo su porfía, con el bastón detuvo a la bailarina para mostrar su belleza o por simple capricho, lo que me permitió escabullirme y penetrar en un santuario budista. Una veintena de ancianos lloraba, chinos y chinas oraban ante una figura ventruda, una figura que observaba cómo los creyentes armados con tajaderas se raspaban la piel y redescubrían el candor en sus vacuidades. Finalmente traspasé una puerta en el extremo de aquella falsificación de pagoda, y vi a otra anciana, disidente de las que estaban dentro, que me señaló una salida a la calle Zanja, y aliviado desaparecí por ella.

Una semana no es mucho para saber si una cabeza se pudre o no. Con esa inquietud me convertí en un cazador que vigilaba la posible consunción de mi carne. También mi desvelo fue dirigido a computar los triviales ruidos en aquella cuartería. Podía escuchar, desde el vuelo del más insignificante insecto, hasta el suspiro desolado de un hombre que claudicaba ante otro hombre. Todo no era más que mi temor a que llegasen para apresarme. Me culparían de las recientes, anteriores, lejanas, pretéritas muertes acontecidas en la ciudad. Ningún tribunal entendería mis razones para conquistar a Rebeca.

También volví a examinar la ropa con la que ejecuté el crimen. Lavé con rigor la sangre de mi pantalón, lavé mi camisa y cosí el desgarrón. La sangre del joven bailarín se desvanecía al contacto con el agua fría. Sin embargo, era una sangre que al rato volvía a dar muestra de su existencia. Experimenté con diferentes jabones. No fue posible borrarla. Cleo me dijo que algo tan simple como el zumo de limón podía ser un perfecto aliado del criminal. Probé con él, y desaparecieron las evidencias condenatorias.

El haber resuelto aquel embarazo me brindó una nueva perspectiva criminal. Echaba en falta la estricnina que dejé en manos del bailarín. Era el último escalón para someter mi conciencia a nuevas pruebas. Con el veneno podría haber fulminado a la bailarina que me perseguía nombrándome «René»; eliminado a los concurrentes al Congreso, verter mi veneno en las comidas del Congreso, verter mi veneno en el cine y que mis amigos también desaparecieran, verter mi veneno en el aliento podrido de Chantal, de Mariíta, ajusticiar por fin a mi hijo, enmendar el error de cuando la valentía me faltó para lanzarlo por la ventana.

Durante esa semana, disimulaba por rato mis odios y dedicaba mis sentidos a la conmiseración. Entre las diez y las once de la noche rezaba una plegaria que decía: «Perdóname, alma, que corté con mi ambición de amor, perdóname, infeliz muchacho, que me brindó su justiciera cabeza, perdona, juro que la cuidaré, que nada entorpecerá su felicidad...» A continuación me embargaba la risa. Nunca había reído tanto. Me miraba en el espejo para verme reír. Era una mímica de hilaridad, lloraba en la risa.

Al comienzo de ese comportamiento, creo que al segundo día, me sorprendió un débil toque en la puerta. Mi plegaria había sido dicha en voz queda, por tanto nadie podía venir a reclamarme silencio. Tan tarde era, que no creí que la policía fuera por mí. Al abrir miré con reproche a Cleo, que con la mayor naturalidad me entregó un estrujado periódico. Me indicó que el Congreso había sido un éxito, lee este idílico panfleto editado para vindicar tan magno evento, se burló. Concluyó avisándome que me fijara bien en las dos fotos al final de la página central: una con la imagen que fue tuya, Juan Tristá, y otra con la imagen del bailarín que ahora intentas asumir. No es bueno que a uno lo mire tanta gente, eso puede echarte una legión de enemigos encima, sermoneó.

Tenía razón. En el pie de la que antaño fue mi foto se leía mi nombre, después la palabra «DESAPARECIDO» y la dirección de la que fue mi casa. En la otra se señalaba el nombre completo del bailarín: René de la Concepción Aguilar, que fue visto con vida poco antes de la tormenta.

Fijé la atención en mi antigua foto. Recordaba nítidamente el día que la tomaron, cuando mi hijo tenía apenas ocho años y Mariíta y yo lo llevamos al mar. En una vieja Kodak, Mariíta me retrató mirando hacia el horizonte. En mis ojos se registraba la sentencia del suicida, no la del asesino en que me convertí; sólo la sentencia del que deseaba romper su propia vida y así concluir con los episodios hipócritas.

Me ensimismé a continuación en la imagen en que el bailarín mostraba una pujante adolescencia. Mi memoria, o mejor decir la suya, recordaba una tarde veraniega en el Coney Island. Una tarde en que junto a (mis) sus padres, el futuro bailarín miraba aquella descalabrada montaña rusa, con los carros que bajaban estremecidos provocando al vacío. Una foto tomada por la madre al joven que soñaba con bailar en las paralelas de la montaña rusa, que dijo que tal sueño lo llevaba a dominar el sentido del absoluto equilibrio. Subiré allí con el asombro de un pájaro y ya en lo más alto de esos hierros seré coronado como rey de la danza. Esas teatrales palabras se repitieron hasta que una resonancia las obligó a convertirse en silencio.

Luego hojeé el periódico y fui ganado por la indefensión. Los titulares ensalzaban el Congreso, magnificaban la labor de Cundo y su secretariado, se glorificaba a la bailarina niña que había sustituido a su hermana muerta en la gala de ballet con que finalizó el programa. Cada palabra era un ultraje a la inteligencia. Por eso me sacudí como si tornara de un trance y expulsé el Congreso de mi cabeza y me detuve un instante ante la noticia de una condena por «hurto y sacrificio de ganado mayor». Veinte años le habían echado al matarife que había acuchillado un cebú en la carretera a Calabazar. Sonreí con la ocurrencia de aquel tránsfuga que había puesto una nota disonante en aquel periódico, cuando en pleno se discutía el retorno a las más exigentes normas de igualdad.

De nuevo el Congreso se dibujaba como la fuente de un entusiasmo pueril, como si las voces surgieran de las banderas que flotaban como globos de aire caliente, como si un cañonazo estampara su cuño de sensibilidad dolida para los que estuvieran en lo lejos de aquel espectáculo.

Pasé mis manos por mis ojos para con ello borrar los fantasmas. Volví a la noticia del matarife de Calabazar. Fue mucho mi aturdimiento al advertir una radiada imagen del joven condenado. Es un niño, tendrá apenas veinte años y le faltan otros veinte para cumplir su condena. Cuando salga, a lo mejor ya el paisaje será igual al de la luna y él pedirá que lo encierren de nuevo. ¿Por qué tal desmesura con el corazón de un hombre? ¿Serán sueños estas visiones o ellas encierran renovados avisos de que se hace imposible la vida y todo tiene que cambiar?

Próximo a aquel tiempo, descubrí una llaga bajo mi barbilla. ¿Comenzaría la lepra, un mandato de muerte que siempre poseyó el bailarín, que heredé al recibir su cabeza, la lepra como castigo, como si un ángel ajusticiador arribara con su espada? Una noche de viernes —insisto que siempre los viernes son para mí de mal agüero— reconstruí una de mis remotas órbitas. Necesitaba romper el enclaustramiento a que me había sometido. Mi barbilla mostraba una gasa con la que me curó el joven amante de Cleo. Este joven —que me alimentó y cuidó por todo ese tiempo— se había negado a reconocer la lepra como causante de la llaga, dijo que parecía un simple herpes al que seguramente el bailarín no dio importancia y que con mi sangre se había fortalecido.

Quise creer en aquel veredicto y con infundado entusiasmo me fui hasta la calle Brasil. Me aposté cerca de las ruinas de los Coppola y con paciencia esperé que alguien saliera o entrara a mi casa. Mi única intención era encontrar a Rebeca. Allí entre las sombras, esperaría con el sosiego que mi nueva imagen me había infundido. Sólo me ganaba el temor a internarme en las ruinas de los Coppola, por la cabeza que allí malenterré entre los escombros. Antes no le había temido, pero para aquel momento me parecía un macabro recuerdo.

Por eso preferí mostrarme, ya dije, con la mirada fija en esa puerta del que fue mi deshecho hogar, por donde pronto apareció el gato de Rebeca. El gato que se me acercó, y que espanté con rabia y con la certeza de que no era un gato, a lo mejor un fulgor que venía a retarme. Entonces vi a mi hijo y a Chantal, esta última queriendo aparentar juventud, sin las panties, con un blusón rojo, una falda negra, corta, y unos zapatos de tacones.

—¡En Buenos Aires verás las luces de las estrellas del sur! —decía con la misma falsedad de la noche en que fue por primera vez a mi casa. Luego Chantal hizo un giro y reparó en mí. Quería adivinarme entre los destellos de las pocas luminarias de la calle Brasil. Yo tenía mis ojos fijos en su voluminoso cuerpo. Ella detenidamente buscó un rasgo que develara quién era yo. Comentó algo, primero consigo mismo y luego con mi hijo.

Este me miró como si yo fuera un pedazo de espíritu sin ninguna oportunidad en este mundo. Negó con un gesto de desprecio y siguieron camino, perdiéndose entre el gentío que desandaba la calle.

Al saberme no reconocido, me envalentoné y decidí llegar a mi apartamento con el peregrino subterfugio de que era un vendedor de seguros de vida. Subí los pesados escalones, toqué con dos golpes secos y rotundos en la puerta, y escuché cómo quitaban el cerrojo. Delante de mí apareció Mariíta. En ese instante me ganó la certeza de que mi mujer o ex mujer estaba muerta desde hacía mucho, que la figura frente a mí era una rehechura suya. Me repuse de esa impresión y le dije lo del seguro de vida, la importancia de afianzar el porvenir de la familia, que las desgracias estaban ligadas al destino.

—La muerte acecha —declaré pomposamente.

—¡Dígamelo a mí! —dijo Mariíta—. Perdí a mi marido hace poco, si hubiera venido antes a lo mejor hoy recibiría una buena pensión. Pero él se ahogó y no me dejó ni la más mínima plata. Siempre fue extraño, hasta para morirse lo fue. Hace apenas dos días se me apareció un policía. Vino a buscarme para ir a la morgue a identificar una cabeza que había aparecido en la Zanja Real. Allí en la morgue dije que ese no era Juan Tristá, que podía ser cualquiera, pero no Juan Tristá.

Por detrás dc Mariíta asomó Kardec. Era una sombra de aquel que conocí en el lejano día que visité la emisora COCO. Mantenía su pelo escrupulosamente peinado, con el relumbre de una gruesa capa de gomina. Pero su aspecto proclamaba a un desamparado. Vestía un pantalón escindido por las rodillas, que revelaba unas piernas enclenques. Sobresalían unas hondas cavidades en los lados de su boca. A lo mejor se había desprendido de su prótesis dental o en realidad tenía dientes propios y era el paso del tiempo el que le había otorgado aquel afeamiento.

—¿Qué quieres? —me dijo, imponiendo un tono bravucón que en nada se avenía a su figura. Era un patán que se había creído lo de tener casa propia en La Habana, un miserable que en toda su existencia lo único que había hecho era traficar con evocaciones de difuntos. Deseos no me faltaron de gritárselo, no obstante le respondí con aire cínico:

—Lo de la póliza bien que le vendría.

Mariíta no dejó que Kardec me contestara, se puso por medio y me sugirió que regresara al otro día, que a lo mejor su hijo y su nuera podrían querer una póliza. Los jóvenes tienen que pensar en el futuro más que uno mismo. Luego cerró la puerta con una delicadeza irreconocible.

—Espejo, dime: ¿Es la lepra o un simple herpes lo que destruye mi barbilla? —Así le hablaba a mi imagen en el espejo de mi cuarto, al que regresé con la misma obsesión de antes de partir. Me había desprendido la gasa para observar la llaga con un círculo escamoso y supurante. Luego miré mi rostro con el mechón de pelo sobre la frente, con los dientes esmaltados. Mi cuello era el lugar más frágil por la cicatriz que lo recorría de lado a lado. Por encima de esa cicatriz, la piel era de un color hermoso. Pero la llaga era el real accidente, la inequívoca dentada del animal proveniente de mis pesadillas que había comido de mi belleza. Por eso mi lengua maldecía esa belleza. Lengua arisca por la cada vez más actuante personalidad del bailarín, que ante ese espejo conseguía ordenar insultos que me tildaban de viejo maniático. Encendí una vela y acerqué el fuego a mi rostro, como si con ello destruyera la voz del bailarín.

—Deja el asombro y concéntrate en ganarle la batalla a ese infeliz —entró Cleo al cuarto, sin avisarse, descubriendo mi cruzada. Me dijo que venía a buscar el periódico del Congreso.

—El bailarín quiere mi cuerpo —dije.

—Es justo, tú destruiste el suyo.

—Me comerá la cara; él ha organizado el cáncer o la lepra en mi rostro o en el suyo, ya no sé...

—Amenázalo, dile que puedes sustituirlo, lo que sobra en este mundo son cabezas.

—No puedo aparecer con esta llaga ante Rebeca, me despreciaría, me tomaría asco.

—La juventud hoy día es tan hedionda que a lo mejor hasta le guste lamerte la llaga.

—Escogeré otra cabeza.

—Si de algo sé en este mundo es de lo referente a cómo encontrar nuevas fibras —dijo Cleo satisfecho—. Mañana puedes ir a la estación, no a la de aquí cerca, te conocen demasiado allí, irte a la de Casablanca, y en ella, entre sus desolados viajeros, a lo mejor te decides a escoger a tu novísima víctima. Es linda la madrugada cuando se mira desde una lancha que cruza la bahía. Amanecerás en Casablanca y luego, a la nueva vida con cara nueva. Sólo te pido que me traigas esa cabeza que ahora tienes. Un pedazo de sus carnes me servirá para saber, al fin, de qué accidente está constituido un hombre. Comeré con la lascivia de Robinson Crusoe, como el mismísimo Defoe, gente que nombra mucho ese extraño amigo tuyo que vino a verte hoy.

—¿Quién?

—Me dijo que era de la empresa Lucero, pregonó muchas cosas sobre la leche, sus derivados, y hasta se brindó para regalarme unos potes de yogur. Es un loco que dijo saber de meteorología, de los azotes de los vientos en el Caribe...

—¿Qué quería?

—Verte, hablarte de un proyecto que tiene de regresarse a Boston. Así dijo de corrido, y de ahí intentó sacarme cómo te iba. Luego dijo que él era un zahorí, usó esa misma ridícula palabra. Adivinó, o yo lo manifesté sin percatarme, mis ansias de probar la carne humana. Durante media hora disertó sobre la gente que come carne humana. Me convenció de que eso no es tan escandaloso como se cree. Me liberó de mi complejo por intentar alimentarme de esa carne. Tipo inteligente, con olor a perfume barato, pero inteligente. Me lo imaginé pequeño, todo arrugadito. Algo movía en su mano, a lo mejor una pasionaria, o un libro de oraciones.

—Un maletín —precisé.

—¡Qué ocurrencia! Tan sabio y portar semejante trasto. ¿Sobre qué otra cosa habló?

—Ya te dije, sólo de la carne humana. Rememoró recetas que nadie podría imaginar. Carnes con trufas, con setas, carnes ahumadas.

—Quería sobresaltarte, siempre le gusta hacer eso.

—No, no, él sabía de lo que hablaba. Me contó primero la historia de Poe, y de ahí pasó a Defoe y su Robinson Crusoe. Dijo que el héroe de Defoe era la mismísima perfección del degustador de la carne humana. Su Robinson Crusoe, héroe mítico y a la vez perverso, era un truhán. No creas esos embustes en que se le describe como un adalid solitario, sembrador de la tierra de la isla que lo acogió después del naufragio, criador de cabras —allí está la mayor mentira, eso me lo hizo ver tu amigo— para alimentarse de sus cautivas carnes. En eso consistía la vil pasión del novelista para falsificar. Viernes, aquel nativo que arribó precisamente un viernes, trajo consigo el ideal del hombre natural, el hombre que con un sentido originario conocía los deleites de la carne humana. Robinson Crusoe aprendió con rapidez la lección, y por muchos años sólo se alimentó de la carne de sus víctimas, aquellos infelices nativos que arribaban a las playas de la isla para sus ritos. Luego, después de su regreso a la vida civilizada, en el Londres de su época, se hizo construir una mansión en las afueras de la ciudad y allí fundó el Club de los Cazadores de las Mujeres Públicas —nombre secreto de la asociación en que Defoe lo encontró, para después escribir su libro—, que para la luz pública nombraron Club de Admiradores de la Naturaleza. Hasta su muerte, con Viernes como fiel aliado —y creo que también Defoe como afiliado—, se hartaron de las mujeres londinenses que hacían calle hasta bien cercano el amanecer. Las comieron morenas, rubias irlandesas, escocesas de tetas ejemplares, y una que otra jovencita proveniente del vasto Imperio Británico. Por eso tu amigo concluye que si el legendario Robinson Crusoe no pudo sustraerse al sabor de la carne humana, es que algo encontró en esta que le propició una larga vida. Vivió, junto a Viernes, 111 años con 11 días. Fue canonizado por la iglesia anglicana y hasta hoy se le sigue adorando como a un héroe mitológico. Entonces, junto a ese hombrecito que dice ser tu amigo, me pregunté: ¿por qué yo, pobre mortal, no he de probar la carne humana? Ahora he entendido todo. Las ansias de Defoe, Viernes, Robinson Crusoe, tu amigo, nunca serán lícitas, porque les falta el atuendo de la carne de los hombres. Ese fue el error de los socios del Club de Cazadores de Mujeres Públicas de Londres. Creyeron que la carne de mujer era mejor que la del hombre. No supieron discernir cuán impura es la carne femenina con sus menstruales reglas y su leche materna siempre depositada bajo sus pieles. Descuartizar a una mujer es igual que abrir un estercolero.

—No entiendo.

—Ah —aún agregó Cleo—, pronto conocerás las noticias del Club de Cazadores de Hombres Habaneros. Mañana temprano vete a Casablanca, allí encontrarás lo que buscas, lo que necesitas. No pierdas un minuto, a lo mejor tu magia se desvanece.

8

EL AMANECER ME TOMÓ abordando la lancha a Casablanca. Una lancha de franjas rojas, una lancha estrepitosa, con olor a carburante mal quemado, con ese navegar en oleadas de trementina que arribaban de la lejana refinería, que en sus chimeneas horneaba su resplandeciente fuego sobre la ciudad. Una Habana que proyectaba sus sombras, que construía su reino. Magnitud que la hacía parecerse a las estrellas nacidas a la muerte de cada ciudad, estrellas que con el tiempo son devueltas al candor del mar, para reconstruir en él cada tejado, cada frontispicio, cada árbol, cada imagen, los monumentos, las brisas y amores perjuros, y las muertes, porque en la ciudad rehecha en el mar se repetían las muertes.

En frente, Casablanca, con sus hileras de habitáculos fusilados, quemados en la luna díscola, vueltos una pasta de adobe y ladrillos ennegrecidos por las riñas del tiempo. Una colmena donde la brisa se replegaba como si tuviera prohibido airearse en esa llanura de aluvión de la bahía. Casablanca destilaba el sudor canicular que desde el anterior mediodía lanzaba su venganza.

—¿A quién piensas matar? —escuché hablar desde mi hondura al bailarín. Me negué a ser su colaborador, y me aluciné con las figuraciones de los viajeros en la lancha. Casi todos eran parejas que iban en busca del tren o a dormitar en sus maltrechas camas. Gente a la que le había sido negada la hermosura, rostros embelesados en el hablar entrecortado, en esa imbecilidad de las palabras ebrias. Solo, al final de la lancha, recostado en uno de los asientos de madera sin barnizar, viajaba un joven que podía catalogarse como discretamente agraciado. No podía precisar si pertenecía a la secta de los otros viajeros, o si era una individualidad instalada allí. El joven no dormía, parecía estar apasionado en un delirio.

—Este y sus curdas —me dijo el mozo de cubierta, que se aprestaba a lanzar las amarras al muelle de Casablanca.

Miré de nuevo al joven y no tardó en hacerse notar y me gritó algo confuso. Me hice el sordo y concentré la mirada en el muelle al que arribábamos. Se hallaba congestionado de gentes que iban hacia sus trabajos, gentes sin alegrías, prisioneros del amanecer, cobayas del cruzar una y otra vez la bahía.

—En el ballet jamás vi tal tristeza, ni cuando Romeo perdió a su Julieta —continuó el bailarín su peroración. Fue la última vez que se manifestó en esa forma. Pronto se revelaría en una carnal presencia que pondría en duda las sabidas verdades que comunicaban la memoria con la postrimería del espíritu.

En la pequeña estación, una bombilla se bamboleaba en un leve relente de brisa, y en ese movimiento perpetuaba las sombras de una veintena de esperanzados viajeros. Eran traficantes que marchaban a Matanzas para cargar un cerdo, ristras de ajos, cebollas y ajíes, gallinas, huevos, el plátano macho, la yuca, las barras de dulce de guayaba, el queso y la cuajada, el tomeguín mañanero para vender en la Plaza del Vapor.

Volverían en la tarde para abastecer los laberintos prohibidos y así, cada día emprender un viaje hacia el regateo montuno, para ganar las piezas que obraban la felicidad en las mesas habaneras, las piezas que yo jamás pude brindar en mi oficina.

Me senté en uno de los bancos llenos de traficantes. Hablaban de cotizaciones, deducían precio para cada mercancía ofertada. A mi lado estaba una muchacha muy joven, tal vez no mayor de diecisiete años. Tenía su mirada fija en el mar. Pensé en mi Rebeca, o mejor: pensé en cualquier muchacha que pudiera llevarme en la piel de mis dedos, recordarla como un sello postal de una carta de amor. Por eso le pregunté hasta dónde iba. Ella me respondió que cerca. Me dio la espalda, como si yo fuera a importunarla. Quedé en silencio y me dije que estaba derrochando el tiempo, que jamás tomaría un tren a ningún lugar, que nunca más mataría. Casi iba a levantarme, cuando la muchacha me comentó sobre el joven de la lancha, que se había dormido en un banco cercano, a pocos metros de nosotros.

—Parece que él viene siempre aquí —dije.

—Sí, cada mañana.

—¿Y qué le pasa?

—Nadie sabe lo que le pasa.

La joven se ahondó de nuevo en el silencio. Era una muchacha bonita, con algunos rasgos de Rebeca. Olía a leche fresca. En ella se destacaban las dos cadenas de oro atadas a sus redondos tobillos.

—¿Tardará mucho el tren? —insistí.

—No, es bastante puntual, apenas faltan quince minutos para que llegue —me rectificó ella.

De nuevo el silencio amotinó el amanecer. Una ceiba, a un lado de la estación, exhalaba el calor de la anterior noche. Volvía a cavilar que sería prodigioso poseer a una muchacha así, enamorarla y conducirla hasta la ceiba, hacerle allí el amor de pie antes de que llegara el tren.

142

—¿Qué es eso que tienes en la barbilla? —me preguntó ella.

—Un pequeño accidente doméstico, una quemadura... —mentí.

—Una vez me quemé esta mano —y la estiró hacia mí.

El joven que dormitaba en el banco se levantó y dio un grito. Nadie le hizo caso.

—A lo mejor es un suicida —me dijo ella señalándolo.

Miré una bolsa a los pies de la muchacha, que se sonrojó. El joven había clavado de nuevo sus ojos en mí. Me estaba exasperando.

—¿Por qué no damos una vuelta? Aquí cerca debe haber un café —le dije a la joven.

—Todo es en dólares, todas las cosas en dólares —me dijo ella.

—Yo tengo dólares —mentí.

—No es el dinero, es la ofensa —sentenció.

—Mejor es tomar un poco de aire junto a ese mar —la provoqué.

—¿Qué quieres? —dijo de forma imprevista la joven.

Yo no entendí.

—Soy pobre, pero decente; no puedo ir con alguien que acabo de conocer en una estación —agregó.

—No es tanto lo que pido, sólo pasear y partir cuando llegue el tren.

—Tú me agradas, pero eso no es así. Además, el tren está al llegar. Puedes llamarme si quieres a la noche. Ahora déjame tranquila.

La muchacha cruzó las piernas y miré sus tobillos redondos, las cadenas de oro.

—Yo busco leche, si sientes olor a leche es por eso. Compro una docena de litros en una finca y los revendo

143

aquí en La Habana. De eso vivo. Si te avergüenza andar con alguien así, dímelo ahora.

—Ya nada me avergüenza, ni la leche ni los pecados, soy un asesino y después de eso no hay nada peor en el mundo —declaré sin vacilación.

Ella no me creyó. Extendió una tarjeta con su número telefónico. Me pareció insólito que ella también fuera presa del vicio habanero de tener tarjetas. Me recordó a Chantal, su tarjeta de masajista profesional.

La muchacha bajó su corta falda, sacudió los tobillos para que las cadenas se acomodaran. Me dijo que yo era un malicioso. Insistió en que la llamara a la noche.

—Si quieres saber mis gustos, tienes que reservar una habitación en el hotel Sevilla, pregunta por Canterito. Él es el jefe de carpeta. Le tiras algo y alquilas la suite del último piso, la suite de las fotos de las vacas de Boston.

Me levanté turbado. No cabían dudas de que ella había sido enviada por el hombre de la Láctea para pervertir mi inteligencia, para reconvertirme a la angustia. Cómo no darme cuenta, antes él había estado en lo de Cleo para seducirlo con las ansias de la carne humana. Ahora la trampa era la muchacha, sus cadenas laminadas con el oro del infierno, un oro de perdición. La leche y el infierno no eran incompatibles como aquel hombrecito me hizo creer.

—A la noche portaré una cruz y no podrás acercarte a mí —la amenacé.

Ella no se inmutó. Diría que hasta algo de contentura la recorrió. Las campanadas del tren eléctrico avisaron su indómito arribo. En ese instante, el joven borracho intentó lanzarse sobre los raíles. Un viajero lo detuvo sin mucho esfuerzo. El joven quedó abatido sobre el pavimento del andén. Puse toda mi atención en él. Gritaba que lo dejaran morir, que su vida sin interés no le deparaba otro camino que el de la muerte. Nadie para ese instante lo tomaba en cuenta. Los viajeros sólo consideraban el tren. Para entonces rastreé la figura de la muchacha y me sorprendí de no encontrarla. Exploré la estación, subí a los coches, revolví cada pulgada. No estaba, se había esfumado. Ella sólo había ido allí para seducirme. Hasta era posible que el suicida formara parte de la impostura. Pensé que debía volver a llover. A lo mejor la lluvia quitaba un poco de rémora a mi devenir. Sin embargo, el sol con su prolijidad anulaba mis ansias.

Dormí hasta bien entrada la tarde. Mi cuerpo se entregó a una voluptuosidad que no he vuelto a sentir. Volaba sobre la ciudad, cruzaba sobre el edificio Bacardí, me detenía encima del murciélago que allí vigila La Habana, luego tomaba un segundo aliento en el Palacio Presidencial, y atravesaba la bahía y el Morro y su lámpara de luz para barcos perdidos, me contagiaba del disfraz de los pájaros vesperales, o a lo mejor de la noche alumbrada. De ahí despertaba en el sueño, y veía muchas niñas en un retablo, representaban mi vida, cada episodio terminaba en la carnicería donde ajusticié al bailarín, como si cada pieza de mi biografía estuviera contagiada con igual fin, con igual propósito. Como si las niñas, al revolver en un baúl entisado en verde, rescataran un pasado que era porvenir, porque cada pedazo de mi existencia viajaba al ultimo momento en que se conformó mi cuerpo, ese latir del vientre de donde surgimos, el vientre que nos da la posibilidad de ser víctimas, o a lo mejor regicidas. Y me asomaba al baúl entisado en verde, y las niñas deseaban que yo no mirara y me cubrían los ojos con una banda negra, y por entre ese crepúsculo miraba mejor, observaba en el baúl el pueblo donde nací, el pueblo donde he de terminar mis días, el pueblo en miniatura, casitas hechas de hojaldre, criptas de seres prisioneros, trenes que cruzaban una estación repleta de plañideras cuyas plegarias eran lanzadas a los viajeros enanos en esos trenes, pueblo con mi madre arropada en una bata rosada, con escarpines blancos, que esperaba a mi padre en un muelle, ante un mar sin espuma, a que regresara de sus viajes por el mundo de las Antillas. Todos mis muertos en el cementerio en miniatura, en fila de a dos, con cartas en sus manos para enviarlas de tumba en tumba, noticias del imperio del fin existencial, luminosos mensajes de esperanza para la próxima resurrección, o al menos, para un viaje a un lago en el que no había barcas, sólo fosforescencias que alumbraban la oscuridad de sus muertes. También aparecía el bar junto a la capilla donde se hacían las autopsias en ese cementerio, bar en que se servían vinos de papayas maduras, donde esqueletos de aplazados difuntos bebían con los muertos vivos del pueblo, o el díscolo zeppelín que flotaba en aquel horizonte, un zeppelín que apenas movía su cola de algodón blanco, su cola hecha de tiernas plumas de alcatraces mañaneros, artefacto que flotaba en el paisaje de aquel pueblo, que hacía sus maniobras o las veía nacer de manos de un capitán joven, bello, sonriente, que no era otro que el bailarín, aquel que maté, ese que era yo ahora, y de vuelta a la historia de la carnicería, los niños representando la historia del hacha y la sangre, el hacha y el percutir del metal contra el desolado corazón del bailarín. Y llovía en el retablo, ansias de la lluvia, el agua descarnando el baúl, perdiendo su entisado en verde, convirtiéndose en la madera de los ataúdes que extraen de la tierra después de años de reposo, la madera color olvido eterno, o color porfía de la muerte. Para despertar por segunda vez en el sueño, o despertar en la vida o en la otra vida o en la ninguna vida, y tener junto a mi camastro, frente al espejo de consola, en el que no se reflejaba, al bailarín alumbrado por el relente de luz de la vela.

—No hay maledicencia en la muerte, por eso somos invisibles para los espejos —me dijo.

—Tengo la certeza de que no existe la muerte, de que ella es sólo una forma de quedar encantados y ya —le respondí.

—Lo dices para consolarte por el crimen que cometiste. La muerte es larga, oscura, avasalladora, demencial por momentos, con el único premio de que a ella se llega con la misma figura, triste o alegre, pero la misma figura, sin faltarnos nada. Por eso mi cabeza la tengo conmigo, y a la vez, mi cabeza está contigo. Ahora vago reproducido como si fuera un espíritu de propagada luz.

—¿Dónde te enterraron?

—En un pedazo de tierra-mundo, un pedazo que me convierte en huesera y pellejo, y como en una mala película a la vez salimos de ella, la tierra, somos un resplandor que pasea su dimensión real.

—Muchas veces estás dentro de mí, me provocas.

—Ya no será más, me acostumbro a mi nueva constitución, a mi nuevo derrotero. Escribiré poesías, no se baila cuando se es espejismo, sólo la memoria y el verso compaginan con tales páginas.

—¿Cuando llueve, qué pasa con los huesos?

—Se mojan, así de simple. La lluvia fue tu cómplice, quieres de nuevo la lluvia, lo presiento. Lloverá, no te preocupes, cuando alguien tanto la ansía, el cielo se encarga de complacerlo.

—¿Hay periódicos allá?

—En las faldas de las difuntas que llegan se escriben noticias de guerras y traiciones de la vida real.

—Somos diálogos y juicios distintos, diferentes nombres, pero iguales.

—Pero esa llaga no es mía, es tuya, y la debes curar.

—¿Cómo?

—Ve al Rincón, toca a un leproso, muestra tu humildad ante San Lázaro, cuando regreses la llaga habrá sanado, no estará, sólo será recuerdos.

—Está lejos el 17 de diciembre.

—No importa, cada día la gente va allá con sus heridas.

—No tengo otro camino.

—Ya ves, empieza a llover.

—No siento la lluvia.

—En tu ventana está la lluvia, despierta.

—¿Y si no te veo más?

—No quieres verme, no eres tan vehemente, sólo quieres saber cómo es el lugar donde estoy, eso, y ya.

—Sí, empiezo a oler la lluvia.

—Es un lloviznazo, por este año terminaron las tormentas.

—¿Y el traje de luces?

—No lo pudieron convertir en mi mortaja, estaba demasiado destruido. Me plantaron este con que hice a Teobaldo, en fin, al pobre Teobaldo también lo mataron.

Sólo llovió en la cuartería de Cleo. Una nube se posó encima de ella y dejó caer su carga de agua que refrescó la tarde, agua que vino desamparada, lo repito, de esa nube que fue una sentencia sobre los tejados de la cuartería, lluvia que miraron los transeúntes como un milagro o como algo no natural, algo que rompía el equilibrio del sol que desde la mañana había sofocado la ciudad.

Con esa impresión me puse a revisar con serenidad la tarjeta de la muchacha de las cadenas de oro en los tobillos. Estaba convencido de que mediante ese número de teléfono no comunicaría con una muchacha igual. No dudaba que el hombre de la Láctea las fabricaba en serie o las robaba como un vil ladrón de mujeres, eso era indiscutible. Me faltaba un amuleto para desendemoniar aquel desafío. No podía pasar otra noche sin recuperar a Rebeca, sin pedirle la razón del amor beso a beso.

Vino a sacarme de ese anhelo el amante de Cleo. Me traía un plato con frijoles negros, arroz y aporreado de tasajo.

—Pasas demasiado tiempo solo, espabílate y ven a compartir con nosotros —me dijo—. Así me quitas la carga de tu amigo, está cada vez más desesperado con ese lío de la carne humana.

Escuchamos la voz optimista de Cleo. El muchacho me hizo una seña que parecía decirme: ¡Mira, ves, está más loco que nunca!, y se marchó. Comencé a comer, pero realmente no tenía hambre. Abandoné el plato y me volví a rendir a las rememoraciones. Me sacó de ese estado cómo se abría la puerta de mi habitación. Primero entró la rueda de una bicicleta y supuse que era la policía. No tenía defensa. Luego irrumpió el cuerpo entero de la bicicleta, que pronto reconocí como la mía, y detrás, sosteniéndola, apareció el hombrecito de la Láctea. Yo adopté una pose beligerante y él me pidió silencio. Cerró la puerta y me dijo:

—No me preguntes nada. Cuando digo nada es nada. Mi vida ha cambiado, la han cambiado, y ya no sé qué hacer.

Sus zapatos empolvados evidenciaban un desaseo de varios días. El pelo que antes lograba acomodar con decencia era un revoltijo de canas, y la calvicie asomaba en el centro de su cráneo. Su voz no denotaba ya esa alardosa suficiencia con la que manifestaba su impunidad.

—Me han jodido —me dijo—, han intervenido lo mío en el Plaza, me quitaron el Zil, ya no puedo ni acercarme a la fábrica Lucero, no puedo cargar ni un litro de yogur. No me quedó ni uno de mis maletines.

—¿Pero quién te ha delatado?

—No sé quién, no se sabe quién. En esta Habana nos delatamos los unos a los otros. Pueden ser muchos o uno solo. Ya no sé. El mundo se me ha venido encima y no tengo otra solución que irme, volver a Boston, comenzar desde la nulidad. No hay decencia, ¡con lo que he servido a los congresos y nadie lo agradece!

—Alguien querría lo tuyo, alguien te pasó una vieja cuenta —reaccioné.

—Es un acomodo, cambiaron los jefes y ahora vienen los nuevos privilegios, las contratas para extorsionar la ciudad, y a mí me dejaron fuera, una nueva generación que no respeta mis años de trabajo y mi experiencia. Una generación que no cree en nada, que confiesa sus ambiciones con sonrisas, que mata con sonrisas, que te elimina con sonrisas. Pronto serán los absolutos dueños de La Habana y para entonces estaré lejos.

Permanecíamos de pie, yo decidido a terminar lo más rápido posible aquella conversación, sin otorgarle oportunidad para sus especulaciones.

—No creas que te robé la bicicleta. Un día la volví a tomar prestada, como aquella vez. Ahora que me voy no quiero que pienses mal de mí.

—¿Qué argumento usaron para eliminarte? —pregunté.

—Creo que hay su poco de brujería. Mi impunidad fue borrada, alguien robó mi fuerza. A lo mejor tú la tienes, o conoces de alguien que la posea. Dime, ¿sabes algo?

—Yo no sé nada... — dije a la defensiva.

—Sé que no sabes nada, porque persistes en tu sonsera de la juventud, de ese amor por Rebeca, la pobre, que han sentenciado a la oficina de OFICODA, en el puesto tuyo en esa oficina, porque Mariíta la obligó para seguir resolviendo la comida para la casa. Ella ahora con las cartillas, con tus cuños, con tus papeles de dietas, y con la mulata jefa exigiéndole puntualidad. Ella sin San Alejandro, la escuela que la obligaron a dejar por la OFICODA. Aguantando hasta que tu hijo se revuelque con la gorda de las panties, la Chantal, que no cesa de darle plata a tu hijo, darle promesas de Buenos Aires. El falsario de Kardec dueño de tu casa, un rey espiritual que dice misas nocturnas para recuperarte, para devolverte al mundo de los vivos y que al fin digas cómo fue tu muerte, qué pasó, saber, el intruso teme, quiere estar seguro de que estás muerto y no hay peligro. Y tú en tu juventud asquerosa, con pústulas, sin exigir.

El hombrecito lácteo se ahogó en su discurso disparatado. Le dije de la muchacha que había encontrado en la estación de Casablanca, de la sugerencia suya para que alquilara la suite del Sevilla, de que tenía cadenas de oro en los tobillos, de lo linda que era, que estaba seguro de que él me la había enviado. Él se burló, de nuevo me calificó de tonto, no es más que una vulgar

fletera que ahora trabaja para los jóvenes que me susti-
tuyeron, pasa las noches haciendo plata en ese hotel, una
fletera con olor a leche de vaca, quizás su mejor encanto, pero no me vengas a decir del infierno y la muchacha, de que soy culpable de que te encontrara, piensa, ya
te dije que no soy el diablo.

—Ya Boston no es el mismo que dejaste —le aclaré.

—Mira —dijo y acercó su rostro hacia mí—, la inmortalidad no es solo un atributo mío. Es en Boston
donde se nace con ese atributo. Mira si es así, que hace
sólo tres días divagaba por el puerto, andaba sin saber
qué iba a hacer con mi futuro. Parecía un mojigato, hablaba a solas, cuando sentí que me llamaban por mi nombre gringo. Para mi alegría y sorpresa, ante mí tenía a
Richard, un viejo capitán de barco ballenero que com-
partió conmigo la habitación de un hotelucho barato en
Nueva York, que ahora mandaba un mercante de los que
hacen viajes de Nueva Orleáns a La Habana. De ese encuentro nació la idea de regresar. Ahorita parte el barco,
vacío, porque los barcos que vienen de Nueva Orleáns
se van vacíos. Hace medio siglo que no llegaba ninguno. No sé si es un triunfo o una derrota. Sortearemos las
olas con las bodegas desiertas, viajaré en un palacio des-
habitado. Luego tomaré un tren expreso que me dejará
en la Estación Central de Boston. Cogeré una callejuela
e iré a lo que fue mi casa, la casa donde nací. Mi amigo
el capitán me ha dicho que existe, que mi madre aún
está viva, porque de ella heredé la inmortalidad. Luego
no sé qué pasará. Allá no puedo inventar como he hecho
acá. A lo mejor termino en simple repartidor de leche a
domicilio.

Mis deseos eran que se marchara. Le dije que le agra-
decía la devolución de la bicicleta, pero que tenía una

cita importante. Masculló algo sobre el mal agradecimiento y volvió a nombrar a Boston. Luego me dio un largo apretón de manos. De nuevo ofreció disculpas por lo de la bicicleta y por aquella larga arenga.

—Cuando me restablezca en Boston te escribiré. A lo mejor te mande a buscar —así de simple se despidió, para no verlo más en mi vida.

Como ya comenté, de esa noche no podía pasar mi reencuentro con Rebeca. Por eso abordé un taxi con una mujer de bronce en el punto más alto del capó y las ventanillas abiertas para ver la ciudad en su real espesor.

—¿Cuánto le debo? —le dije al chofer al llegar a mi Brasil.

—Lo que me pueda dar —me contestó.

Le pagué con un billete de cinco pesos y él lo miró como la peor de las ofensas. Me introduje rápidamente en el edificio. Fui hasta mi apartamento y a través de la puerta entreabierta vi tres mesas ahiladas. Encima de cada mesa habían colocado una copa con agua, granos de maíz, flores, y en la del medio un aguafuerte con una reproducción de mi rostro que supuse que habría pintado Rebeca.

En la mesa de fondo alcancé a ver a Kardec listo para presidir el ritual. Junto a él, Mariíta movía sus inmisericordes pechos. También estaban Lapera y Rubina, Cundo y la muchacha de los huesos en las nalgas, Carola Consuegra, el Vasco y su arpista, Chantal —vestida de argentina: traje de encajes de blonda y una flor en su pelo—, y mi hijo pegado a ella. ¿Dónde estaba Rebeca? ¿Aún la tendrían en la oficina de OFICODA? Una vela oscilaba en un candelabro mientras pasaba de mano en mano de los presentes, y todos imploraban a Juan Tristá para que diera señal de su ruta.

—Soy el del seguro —dije luego de empujar la puerta y a coro me obligaron al silencio. Kardec habló en un idioma que califiqué como el hebreo. Fueron interjecciones y la vela se dislocó, tomó vida interior y privada, viajó con resolución, sin ayuda de nadie, y se detuvo apuntando su llama hacia mí.

—Te está invitando y es preciso que te incorpores —me dijo Kardec, y yo me acerqué a la mesa y me puse entre el Vasco y la arpista, uní mis manos al cordón espiritual, y Kardec habló de apagar la luz. Así lo hizo y volvió al cordón espiritual y comentó que era mejor alumbrarse sólo por la vela, que la luz eléctrica ahuyentaba a los muertos. Insistió con aquel idioma desconocido, y acto seguido dijo en lenguaje humano que alguien allí debía convertirse en médium.

—¡Apretemos las manos! —exigió.

Entonces cada cual expuso triviales recuerdos sobre mí. De mi valetudinario tocadiscos surgió música de Vivaldi. Desde aquel lejano día en que mi hijo lo escuchó con igual música, nadie se había acordado más de ese traste. La música engrandeció la espiritualidad, y mi amigo Lapera recordó la primera vez que me vio en la puerta del Mégano. Luego la Rubina catalogó sus rencores como pasajes del olvido. Cundo nombró mis compromisos patrióticos con el Congreso. Mi hijo aseveró que yo siempre había experimentado amor por él —pobre, nunca supo de mis macabros pensamientos. Chantal declaró solemnemente su agradecimiento hacia mí por haber dado un genio para la música, no sin antes mirar a la muchacha de los huesos en las nalgas, a todos los que la conocían y podían descubrir su verdadera identidad. Carola Consuegra, limpiándose los mocos con un pañuelito, dijo haberme amado durante años y que la entristecía no habérmelo dicho nunca. La última en hablar fue Mariíta, quien mirando a Kardec, desportilló de mis vicios, de la enferma costumbre de quitarme la cabeza, que no dudaba que el diablo anduviera en tratos conmigo, y si lo invocamos (se refería a mí) es para que acabe de irse y deje quieta a la gente decente.

Permanecimos tomados de la mano durante largo rato en espera de una manifestación. Pero Vivaldi era el único testigo de nuestras lucubraciones. Chantal se removía y me observaba relacionándome con algún recuerdo, suponía. No quitaba su mirada de encima de mí, como si encontrara alguna conexión con mi parecido. En dos ocasiones creo que quiso revelarlo. Insidiosamente provocaba a mi hijo, pero mi hijo estaba hechizado por Kardec, respondiendo a cada gesto de aquel impostor. La mano de la negra arpista sudaba. Era una mano para la música. La mano del Vasco era arenosa. De cada poro de Mariíta surgía el odio, su mano temblaba junto a la de Kardec. Lapera parecía preguntarse hasta cuándo duraría aquello. Carola Consuegra rezaba el Padre Nuestro.

—Yo vine sólo a lo del seguro —repetí—, ustedes me dijeron que viniera para el asunto de la póliza.

Kardec hizo un chisssssss semejante al chirrido de un escarabajo. La llama de la vela empequeñeció y escuchamos un golpe en la cocina. Se despeñaron los sartenes y se abrieron las ventanas. La vela finalmente se apagó y Vivaldi dejó de escucharse. El silencio se apoderó del apartamento. Sentimos el maullido agudo de un gato —recordé el gato de Rebeca. Una sombra o espectro, o la sombra del gato, atravesó la sala. Volvió a prenderse la vela y todos —menos Kardec y Mariíta—

rompimos el cordón espiritual y permanecimos azorados, distantes de las mesas.

Rápido huí de aquel macabro aviso, corrí por la calle Brasil, llegué a lo de Albear, corrí por los mosaicos de la Manzana de Gómez, crucé el Parque Central, los portales del Gran Teatro, las ruinas del Campoamor, vi el Mégano, su solitaria luz a la entrada alumbrando a la Nuña, ataviada con una chaqueta koljosiana en su regreso a vigilante de cine. Y me entusiasmé al distinguir la oficina de la OFICODA, donde debía estar Rebeca, el amor mío, mi salvación.

9

AL LLEGAR DESCUBRÍ que Rebeca ya había partido, la oficina estaba cerrada, y me sentí sin saber adónde ir. El no
encontrarla rompía las ansias para esa noche o para todas las noches. Yo había salido fuera del sistema de vida
de la ciudad, era yo y no lo era. Ausentarme de este sistema me condenaba a vagar como había acontecido desde mucho, seguir de un lado a otro sin saber en qué lugar
me esperaba la muerte o la vida. No debía, pensaba, pre-
cipitar los acontecimientos, ir y mostrarme como el nuevo
Juan Tristá no sería la solución. Aparecer abruptamente
podía condenarme a que la muchacha no gastara un poco
de sus ansias conmigo, que me dejara como algo de su
pasado. El tiempo era mi nuevo aliado, ese precipitarse
del tiempo en que ella se fuera acostumbrando a que
alguien existiera sólo para ella, alguien capaz de los
mayores sacrificios para obtener su amor. Esa era la única solución, la estrategia, comenzar de la nada e ir ascendiendo en la pasión de Rebeca. Las lecciones literarias
de antaño podían ayudarme. Escribiría cartas de amor
para Rebeca, se las mandaría a la oficina y Rebeca se
llenaría del misterio, me imaginaría un ser que languidecía en un lugar secreto, cartas con la salud de sus ojos,
cartas que describirían sus itinerarios —ella no me re-
conocería en el gentío de La Habana—, yo siguiéndola,

vigilando cada paso suyo, y luego relatando mis impresiones de sus recorridos. Un cronista que deseaba sembrar el enigma en el corazón de esa mujer. Cartas que serían firmadas con diferentes nombres, cada uno ligado a la mitología de mi locura. Porque loco estaba desde siempre, loco esa noche en que no sabía dónde plantarme, pensando si al menos encontrara una de esas mujeres de ocasión, de aventuras, una mujer para llevarla conmigo, desnudarla y luego, en la mañana, no verla más, tomarla en mi ambición y olvidarla. Recordaba a la muchacha de las cadenas en los tobillos, la que conocí en Casablanca. ¿Dónde estaría a esa hora? Seguir, me dije, continuar a mi habitación, no imaginar lo imposible.

Esa madrugada escribí la primera carta. El narrador escogido fue un inocente que había sido tocado por la magia de Rebeca. Describí los reales estados de los sentimientos que me aquejaban. Como un adolescente conté de mis dolores al verla camino a la oficina, morir por su voz, morir por tocar las puntas de sus dedos, por escuchar una sola palabra suya. Así de inspirado concluí aquella primera carta y temprano la eché en el buzón de la Estación de Ferrocarril. En aquel instante supe que comenzaba un juego o a lo mejor una broma, o la enajenación misma.

Durante varios días escribí cartas muy apasionadas. Pero había algo anormal. Mi letra, de la que tanto me vanagloriaba, se había vuelto como la de un iletrado. Mi antes perfecta caligrafía se convirtió en una señal de signos desmañados. Debía ser la letra del bailarín la que imponía su sesgo. Si bien el bailarín ya no daba de sí, en ese momento había encontrado una nueva forma de recordarme que él estaba allí. Era el veneno de una serpiente que se atrevía a llenar cada pulgada de mi cuerpo para dominarlo con su desdén agresor. Constantemente me dolían las rodillas, como esclavizadas por el rigor de la danza. Mis propios gustos por las comidas cambiaron. Sólo soportaba los vegetales. También mi instinto sexual se hacía cada vez más presente. Soñaba con actrices que sólo había visto en la pantalla del Mégano. Y no era que mi cuerpo rejuveneciera, era el mismo, calamitoso, el cuerpo de un anciano en cierne. También los olores se hicieron de nuevas fragancias. Me parecía que aquel pedazo de Habana comenzaba a oler a violetas. Con esa buena nueva mantenía la fe en las cartas, las infinitas cartas que una y otra vez, con apócrifas firmas, dejaban una estela de promesas.

Pero no me podía mantener en ese duermevela por siempre. El mayor gozo estaba en seguir a la mujer a quien iban dirigidas aquellas cartas, observar sus caprichos, intimar en sus emociones. Para mi coartada, de nuevo Cleo y su amante fueron imprescindibles. Después de mucho repensarlo, luego de ensayar con lustres que me hacían parecer una geisha, me obsequiaron la extravagancia de un joven moderno. No pasaba por mi mente que Rebeca me fuera a reconocer con mi nueva cabeza. Lo que en verdad deseaba era ser otro cada noche, como las firmas de las cartas dirigidas a ella, y por eso perseveraba en un sentido que me convertía cada vez en una nueva manumisión.

No olvido la tarde en que salí a la calle con uno de mis disfraces. Recorrí los portales del Prado, pasé frente a la que fue mi casa en la calle Brasil, casi rocé a la bailarina cómplice del bailarín frente al Gran Teatro, fui al Mégano y vi a mi amigo Lapera y a la Nuña, que actuaba como si fuera propietaria del cine. Fui al Nacional y me entusiasmé con la matinée en que la negra arpista cantaba para media decena de borrachos, avisté al propio Vasco, más delgado, como si una enfermedad le comiera sus pocas bondades.

Cada día de aquellos, seguía los pasos de Rebeca cuando abandonaba la oficina, la miraba como algo que podía alcanzar y que, por un raro arte, veía alejarse hasta la calle Brasil, y nunca le dirigía una palabra. Cada noche me prometía abordarla. Pero mi juego de mirar y no ser observado, un *voyeur* que se exponía en plena calle, aplazaba el encuentro definitivo. Así cada vez, hasta terminar en mi habitación y relatar las impresiones en mis cartas, hacer del cronista que la descubría en sus viajes de sombras, esos viajes en que al principio la creía a ella desconocedora de mi presencia, hasta que luego supe que ella bien percibía que aquel individuo itinerante era el mismo de las cartas, el hombre leopardo, como habría de confesarme luego que me nombró.

Así pasaron los días, ya dije, y yo perdía la conciencia del tiempo. Cada vez con más entusiasmo me separaba del mundo y me entregaba a mi rutina nocturna. Era un artificio encauzado en una obsesión, un amante abatido por celos asombrosos. Espiaba cada objeto que miraba Rebeca, celaba hasta los latones de basura, a los pobladores del parque, a los pájaros de la noche habanera, a la música, al viento, a las estrellas, a todo. Vigilaba sus miradas, me abstraía al analizar cada gesto suyo, la ropa que se ponía, medía la largura de sus pasos. Estaba poseso, pero no en esas horribles ansias que me llevaron a cortarle la cabeza a un joven, era algo distinto. Poseso en un mundo de detalles, abstracto si se quiere, una ecuación que jamás llevaría a un desenlace.

Algo imprevisible en mis planes precipitó los acontecimientos. Frente a la Fuente de la India un auto casi atropelló a Rebeca. De este, nervioso, se bajó un extranjero. Rebeca estaba de bruces, apenas a pocas pulgadas de la defensa delantera del auto. Aún no sé si ella se lanzó a buscar la muerte o si fue un accidente. El extranjero logró levantarla, dijo algo que no entendí, y Rebeca lo miró con rabia de amor. Vi sus ojos iluminarse, sus ojos recitaron un pedido de auxilio para su corazón. El hombre le arregló el pelo, los dos quedaron por un largo minuto en silencio, parecían dos figuras que se derretirían bajo el torrente de luz del auto. El extranjero finalmente sonrió y trató de hablar. Yo no lo dejé. Corrí hasta él, y luego de zarandearlo, lo obligué a montar en el auto, lo induje a prender el motor, puse sus manos en el timón, le apreté el cuello. En un instante aquel auto se marchó. Busqué a Rebeca y ya había desaparecido.

Detrás de tal acto de temeridad, me dije que no tenía otro remedio que marchar a la estación de Cristina. Allí esperé hasta el amanecer un tren que me conduciría al santuario del Rincón, el sanatorio para los contagiados con la enfermedad maldecida. Un tren muy distinto al de Casablanca, hecho con retazos de otros trenes, con los baños clausurados, el surtidor de agua con la pesadez de años secos, la suciedad en cada pulgada, como un arca que transportara una vacada para el sacrificio ante el santo patrón del Rincón, Babalú Ayé.

Partió el tren con el cansancio de las armazones comprometidas con las fronteras del tiempo, siendo él mismo una ofrenda de gente descalza, gente con cuadros en que se representaba a San Lázaro, con figuras en barro de Babalú, rezando oraciones que leían en pliegos timbrados con sellos de una papelería religiosa que desde mucho había forjado su olvido, las humanidades de piernas rengas apiladas en medio del pasillo, los leprosos sumidos en ese silencio que produce el sentirse lejos de la memoria de los suyos, la pobre mujer a mi lado, que conquistaba la ventanilla y observaba el paisaje de casas hechas de arrodillados techos, como apariencias que se irían al fondo de la tierra para apagar sus vergüenzas.

Más criaturas abordando el tren, bizcos, ciegos, pedigüeños, mujeres que fueron hermosas, creyentes, borrachos, miradores furtivos, celestinas adoctrinadas. Yo, sordomudo en ese paisaje despedazado por el vaivén del vagón, conjeturando sobre lo que me esperaba en el Rincón. Medio dormido por ratos, completamente dormido en la última etapa del viaje, hasta escuchar un «ya llegamos» que me despertó.

«¿Acaso algún santo podrá rearmar mi vida?», me dije y abandoné el tren, y me extasié mirando a otros peregrinos, cientos, que componían el espectáculo de las clamorosas pantomimas. Cada cual marchaba a pedirle a San Lázaro lo suyo, en busca de perdón para los pecados, que no era más que la satisfacción del ego para ser reconocido en el perdón. Filas interminables a través de esa callejuela que parecía un hospital ulterior a Trafalgar, como si enrumbara un río de impetuosa fuerza. Un río donde las plegarias se escuchaban como las voces de las termitas que liquidan lo último de la madera muerta, las voces de gente que en lo más íntimo ansía la felicidad de la salud reposada, la felicidad de verse jóvenes, fuertes, sin mandamientos malignos que incursionaran en sus sangres, verse en el alto de un risco y otear el sol, el sol que ya era certeza sobre la techumbre de la ermita del Rincón.

Yo allí, como parcela de una postal ilustrada, como muchedumbre individual que buscaba la redención de un cedro para cultivar en el corazón de Rebeca, por ella, Babalú Ayé, por ella quiero que me quites la mancha, por ella deseo besarte donde se besa a los leprosos, arrancarte a ti también el dolor, saberte un prisionero bueno en esa mezquita que aturde a los habaneros, hoy no es 17 de diciembre, quizás lo es, no sé, a lo mejor es domingo y por eso la gente toma el tren y parece tu día, 17 de diciembre. Está lleno tu camino, Babalú Ayé, tiene hambre de almas esta gente, de culpas perdonadas, tienen sed de que tú te levantes y les anuncies el final de sus sufrimientos, que la vida desde este instante será larga vida sin angustias, sin prisiones que inmortalicen los rencores, la impostura que condena al prójimo, Tú, Babalú Ayé, que puedes hacer girar los relojes hacia la edad rumorosa, que perdonarás mis manos homicidas, y como premio de tu perdón me brindarás el viaje a la Rebeca que festeja sin saberlo mi próximo arribo de enamorado.

—¡Ayuden a una pobre mujer! —clamó a mi lado una anciana que mendigaba y a la vez salvaba su dignidad regalando un palillo de incienso. ¿Y el sanatorio? Dígame dónde está, le dije sin recato. Y ella me tildó de ciego, hombre, suba los ojos, mire y vea en la niebla, sólo allí hay niebla, en el cercano potrero es donde está ese extraño castillo en que se pudren los leprosos.

Corté camino por un lateral del santuario y vislumbré una colosal atalaya. Despacio me le acerqué y pude ver una puerta carmesí y los ventanales de los pabellones de los enfermos pintados en igual color. Pero lo significativo en aquel lugar era el jardín y el pequeño bosque en su parte superior. Allí las ramas de los árboles rumoraban batidas por el viento. La emoción me ganaba porque siendo joven había soñado con semejante paisaje. Pero al dirigirme a tocar en la puerta, una reposada tranquilidad me dominó. Di dos aldabonazos que debieron escuchar-se hasta en el último retiro. Me recibió una monja que me preguntó lo que deseaba. Quiero ver a un enfermo, ¿a cuál enfermo?, a uno que tenga la fe para curar.

La monja me llevó por un sendero de grava. Me dijo que sor Ángeles era a quien yo buscaba, que con sólo veinte años fue a Calcuta para curar enfermos y allá contrajo la enfermedad por lavar llagas, por beber el agua de los leprosos, por asumir como cuerpo el cuerpo enfermo de los leprosos. Ella está ahora en el diminuto bosque del piso superior, viaja por las copas de los árboles para tomar fuerzas y seguir en su labor catequista.

Transitábamos una escalera pintada de amarillo incandescente. En una letanía, la monja rezaba el Padre Nuestro. Entramos a lo alto de la atalaya. Me entusiasmé con el pequeño jardín que servía de antesala al bosque y desde donde pude contemplar la ermita a lo lejos. La monja había dejado de rezar y me dijo que para encontrar a sor Ángeles tenía que seguir el trino de un pájaro. Luego se marchó persignándose solemnemente.

El viento seguía retumbando sobre las ramas. Pensaba en una lúdica parodia donde acababa el sueño y empezaba otra esencia imprecisa para mí. De ese pensar me sacó el canto armonioso del pájaro. Corrí al árbol donde nacía aquel trinar. Allí entre la niebla vi a la que supe de inmediato como sor Ángeles. Un espacio cósmico en sus ojos obligaba a quitar la mirada por temor a perder la razón. Eran unos ojos de intenso azul. Una decena de discípulas rodeaba en silencio a sor Ángeles. La única que se atrevía a decir algo era la más virginal de entre ellas. Una muchacha pelicastaña que les insuflaba a sus palabras una entonación sagrada. Contaba

164

que Dios había construido palacios sólo para los leprosos en ese lado del cielo.

Sor Ángeles me hizo un gesto de que no le prestara atención. Levantó la mano y exhortó al silencio a su parlanchina discípula. Me rozó levemente, como si con ello lograra adentrarse en mi vida. «Yo sólo necesito que me cure, no quiero saber de nada más», insistí. Ella me pidió calma, hizo la oración a San Judas, pegó su oído a mi corazón y me dijo: «¡Espabílate, deja tu miedo, ya no tienes esa llaga, regresa al mundo donde no hay lepra!…»

Sor Ángeles no esperó por mi agradecimiento y acompañada de sus discípulas bajó hacia los pabellones para unirse a los otros enfermos. Pensé ir tras ellas y luego cejé, marcharme era lo mío, dejar atrás la atalaya, la ermita, ese sueño o no sueño, tomar nuevamente el tren, que iría vacío, su vacío regreso, porque por todo un día aquel baile de iluminados no iba a concluir.

Esa noche los astros desgarraban el cielo con impresionantes luces. Bajo su amparo, al fin pude corroborar que Rebeca estaba en esa oficina de las decadencias. Una pequeña fila de gente esperaba. Cierta mujer ausente, mal vestida, desdentada, abanicaba a una joven de pelo teñido en rubio ceniza. Delante de mí rezongaba su espera el hombre con las canas en las cejas, negro el pelo y canosas cejas contrastantes.

—Sabe —me decía—, es bueno este nuevo horario de servicio. Puedo venir todos los días a reclamar mi derecho, no tengo que dejar de trabajar para exigir la libreta de los míos. El Congreso ha sido uno de los hechos más trascendentes en la historia de esta ciudad. El Congreso pasará como un blasón para que todos comamos con dignidad.

Eran las mismas palabras de conformismo e irrealidad sobre un horario nocturno para reclamar migajas. Si alguna vez aquel hombre de canas en las cejas recibía al fin la libreta de racionamiento, seguramente moriría. Terminarían sus desvelos, el sentido de su vida quedaría a merced de un tiempo sin lucha, un tiempo sin tener en qué meditar, un tiempo sin soñar con el instante festivo de lograr lo tan ansiado.

—Quizá hoy le den la libreta, he oído de casos iguales al suyo que el Congreso autorizó —subvertí las cosas para aquel pobre infeliz, y él hizo un guiño, se estremeció, encarnó sus canosas cejas, y cuando ya le tocaba entrar a la oficina, me ofreció su turno justificándose con el olvido de otra gestión urgente.

—La sentencia del triunfo lo mata —le dije a Rebeca al sentarme frente a ella.

—Cada noche viene aquí —me respondió—. Hace las mismas preguntas, llena las mismas planillas.

Las manos de Rebeca, sus dedos manchados de óleo, semejaban una paleta de pintar. Al observarla tan cercana, me sentí como un individuo a quien la dicha ya no se le negaría. Sus ojos, sus labios, el tinte rosado sobre sus mejillas, me provocaban ansias enormes de vivir, de actuar como un adolescente, de romper los últimos obstáculos y viajar al fin como un alma que necesitaba de su amor. Sin embargo, Rebeca estaba agotada, su hablar era axiomático, irrefutable. A lo mejor fue eso lo que me hizo obrar con imprudencia.

—¿Usted pintó un aguafuerte con el rostro de Juan Tristá? —le pregunté de súbito.

Ella me miró extrañada, se puso en guardia, para finalmente decirme que sí.

—Lo esencial es saber si le pareció o no loco el individuo —insistí.

—No le voy a contestar, no sé quién es usted.

—Digamos que un investigador privado.

—¿De Scotland Yard? —dijo burlona—. Estoy cansada, déjese de juegos.

—Míreme como a un espejo en negativo, descubra tras las sombras mi presencia —le dije.

—¿Cuál es su juego? —me desafió de muy mal talante.

Yo no portaba el disfraz de joven atolondrado, lo había abandonado porque sabía que esa noche me plantaría ante Rebeca como el ser que realmente era, el híbrido sin máscaras, desnudo en su cabeza nueva.

—Míreme —volví a repetir.

Rebeca se puso de pie.

—¿Eres quizás Teobaldo o Mercucio? Tengo memoria, eres el bailarín del Gran Teatro.

—Soy otra criatura —le dije—. A lo mejor soy el mismo que anoche te defendió del extranjero cuando su auto casi te atropella —hablé pausado y de ahí levanté mi camisa y le mostré la herida en mi vientre cuando extirpé la hernia. No quería presumir con la sorpresa, sólo deseaba que ella me reconociera. Le hablé con mi nueva voz:

—Soy o era Juan Tristá.

Ella por un largo minuto me calibró. Pareció mirarme como si yo perteneciera a un mundo pasado, o a lo mejor presente, pero nunca mundo por venir. Ninguno de los dos habló en ese corto tiempo. Estábamos hartos de las palabras huecas. Rebeca se acercó y reconoció mi herida, me preguntó por mis sueños, yo le contesté de las tardes en un sampán en una bahía saturada de peces encarnados, de la brisa de la China, ligera como la seda que ella vestía en ese viaje, todo amor y paisaje de amor, apoteosis para que su pincel se impulsara con aquella visión.

Rebeca se emocionó. Yo extendí mis manos y tomé las suyas. Me parecieron palomas que se refugiaban en las mías. Fui más lejos y acaricié sus brazos, subí hasta los hombros, la atraje hacia mí, como si me impulsara una fuerza que me conduciría al beso. Ahí me detuve, el silencio era el ímpetu mayor de aquel encuentro. Fue un silencio como cuando se contienen las aguas en una alta montaña.

—Desde el primer momento presentí que quién sino tú era quien estaba frente a mí —me dijo, a lo mejor mintiéndome—. Dudé un instante porque te faltaba la voz de barítono. Ahora sé que eres el mismo que ha escrito las cartas, las mismas palabras que reconozco, el mismo que ha puesto en mi corazón la esperanza. Cartas que escondo en este mismo buró —abrió una gaveta y allí estaban, ceñidas con cintas de diferentes colores, como si esas cintas mostraran los sentimientos, los ingenios del alma de la joven—. Nunca pensé abandonarte, sólo fue un acto de ambición cuando te dejé en lo de Casal, quise poner un poco de distancia para ver si podía quererte. No necesitabas esa nueva cabeza, con esa o con otra, te hubiera amado igual. Con tus cartas solo podías haber alcanzado la fuerza de mi amor. Ahora temo que hayas perdido la capacidad del sueño, que sólo seas cabeza nueva y bella, recuerdos de tus añoranzas en esa historia de la China.

Rebeca tenía para entonces el color de un árbol en la llanura. Estaba despeinada. Era el gozo de la intensidad. Tanta sangre por alcanzar aquel segundo. Yo maté por ese imperfecto momento. En aquel instante su edad era imprecisa, quizás dieciocho o veinte a lo sumo, y yo allí frente a ella, preexistiendo como un pez que viaja por los infinitos océanos, para finalmente volver a nacer en ese cauce llamado Rebeca, en sus playas, caer como un monumento de esperanzas sobre su cuerpo y obrar en el gozo de la felicidad. Sí, aquel imperfecto momento era divino, por él mataría de nuevo, ajusticiaría sin dudarlo al prójimo para que Rebeca me recibiera con la prolijidad que brinda saberse amado.

—¡Huyamos! —así le dije, así le exigí como cuando ella me condujo a la casa del poeta.

Rebeca recogió las cartas que yo le había escrito y en un pequeño atado las guardó en su cartera de piel de chivo. Como una jugadora de ajedrez que ve la inevitable derrota y ya piensa en el desquite, se desentendió de la oficina. No apagó una luz, dejó abiertas las ventanas, no cerró las puertas. Por un momento pensé prenderle fuego a aquel montón de papeles que bosquejaba edades, necias enfermedades, estadísticas, direcciones, actas de miles de defunciones, actas de nacimientos, bautizos, papeles para servicios a fiestas de cumpleaños. Una simple e inmortal pizca de fuego lanzada al azar llenaría aquel lugar con el humo del desdén. Pero el sentido común se impuso, sólo quedó una especie de arreglo donde la sed de venganza fue relegada por el sustantivo regocijo que recién comenzaba.

Con el corazón latiéndome precipitado, conduje a Rebeca a lo de Cleo. Cerré la puerta y nos perdimos en la penumbra. La bombilla debía de haberse fundido o nunca estuvo y yo ni cuenta me di. Los sonidos en aquella cuartería eran el reinado del rumor. Eso ya lo he dicho. La humedad remontaba las paredes. Un tenue aire soplaba. Rebeca había abierto la ventana y nos veíamos bajo un relente de luz.

—Sabes —dijo Rebeca —, no es tan mal lugar. Hay que quererlo su poco y podrá sacársele lo bueno que tenga.

Yo no me sentía optimista. Profetizaba que la cabeza sobre mis hombros pronto avisaría su mensaje final. Mi futuro también podía ser importunado por una circunstancia imprevista. ¿Cuánta gente no muere en un accidente ridículo? Por eso hablé a Dios como sólo se habla a Dios. En un susurro le pedí una tregua de un año. No esperé su respuesta porque desconocía la tonalidad de su voz. Pero de nuevo la luna del espejo era viciada por el retrato del bailarín. No era ya el mismo ser generoso que me había visitado días antes. Él observaba a Rebeca con mirada candente. Una sonrisa cínica camuflaba sus intenciones. «¡Tú y yo unidos, aunque no lo quieras!», parecía decir. «Los muertos y sus neurosis», medité por breve tiempo. Luego pensé contestarle que mi corazón era lo importante aunque estuviera lastimado. Que desde que provoqué su muerte andaba entre redes de alcohol, y embriagado advertía un sentido de pertenecia hacia algo que ya no podría recuperar, algo que era mi real cabeza, perdida en la nevera de una morgue o en una playa de la bahía.

—¿Qué murmuras? —me preguntó Rebeca.

Yo no abrí la boca, quién sabe si el pobre bailarín había cumplido su promesa de no dejarse ver más y fue mi imaginación la que propició su regreso. Lo cierto es que malcubrí el espejo. Rebeca reaccionó, me dijo que quería ver siempre el espejo, que el espejo reprodujera la luz, que ella necesitaba de las imágenes de los espejos, para todo, Juan, para amarnos, para pintar, para morirnos, para querernos o no querernos, siempre nos acompañará un espejo. Jamás me quites el espejo, sin él moriré, lo necesito tanto como a tus sueños. Soy una adicta, entiéndelo.

—Quizás sólo dices quererme porque me dibujas —exclamé con reproche.

—Y tú sólo me quieres porque me vives —me respondió plena.

En ese instante no la podía amar, sería grosero ahogar mi amor en aquel espacio lleno de churre, aunque ella tuviera otra opinión. «¿Cuál es su vida, cuál es la mía?», seguía indagando para encontrar explicación a mi poderosa felicidad. «¿De dónde ha venido esta mujer, de dónde he venido yo? Me siento capaz de recorrer los caminos más tenebrosos. Nada que pueda detener mi amor conseguirá vivir. He matado y regreso a los brazos de ella para llorar. Ese es mi futuro, el sacrificio de todo por un ideal que nos llene de la ambición de vivir sin contagiarnos con las puertas morales», pensé.

—Hay una vela en algún lugar —dije.

Ella la encontró y la prendió. El aire hizo adormecerse levemente la llama.

—Yo quisiera ser un niño —comenté—. Por eso mi gran problema es el porvenir, que siempre me hace envejecer.

—¿Y dónde ves el porvenir?

—En una pequeña ciudad junto al mar. Tú y yo juntos, para hacernos irreconciliables a ratos y felices siempre.

Ella me deseaba. Podría ser la primera vez que su alma no palpitaba con un sentido utilitarista, no palpitaba con la ambición de robar mis sueños, no palpitaba con la duda. Ahora anhelaba mi cuerpo-Juan tirado en el camastro.

—¿Y si todo mi pasado ha sido mentira, una vulgar ficción dentro de otra vulgar ficción de cambios de cabezas?

¿Si eso no ha pasado y yo he estado engañado y a la vez engañando a todos? —le pregunté.

Ella estiró sus labios y me besó para luego hablar:

—Si resulta así es que existimos, nos han inventado y por eso existimos. Podemos amarnos porque alguien nos colocó en el mismo camino. Escucha: quien nos inventó no puede separarnos, quien nos inventó no puede seguirnos, porque sería una historia muy larga, demasiado larga.

—A lo mejor somos eternos, sólo tú y yo en un río, en una película, en un libro. Un río o el mar de bahía, ese es mejor, las islas verdes y sus perlas, y la noche de amor en una playa, tú y la playa, porque a las arenas se las puede colmar de amor. Y el matadero municipal de las vacas de ese pueblo donde nací, donde iremos, el matadero donde beberás sangre de esas vacas para tu tisis de amor. Pronto partiremos, sólo conseguiremos estar seguros en ese pueblo. Lejos, dos o más días de navegación. En un barco al final de la tarde con rumbo a mi pueblo.

—Veré el mar, dormiremos juntos mirando el mar.

—Tomaremos pocas cosas y huiremos.

—¿Estará escrito así? ¿Cómo es el barco?

—No sé cómo es, pero es un barco.

—¿Habrá delfines?

—Sí, y tú serás feliz.

En la habitación persistía sólo la luz de la vela. Pronto estaríamos en otra latitud, sin sentido de culpa, libres, y eso me ilusionaba. Ya no habría tiempo, futilidad relegada. El espejo había sido develado por ella, y en él ya no estaba el bailarín, sólo se reflejaban nuestros inmensos deseos de huir.

Al otro día supe que una cosa es el propósito y otra la certeza. El barco que hacía viajes a mi pueblo había partido esa misma mañana. Era martes, como siempre cuando las cosas me salen mal, y hasta el viernes 'aquella embarcación no cubriría su itinerario de nuevo. Para conseguir pasaje, la gente hacía largas colas. Hablando con el despachador me enteré de que con un ligero soborno podía realizar el viaje. Me apenaba continuar unos días más en lo de Cleo. Hacíamos tres frugales comidas al día, que no obstante su frugalidad no dejaban de afectar. Realmente éramos una carga y mis promesas de pronta partida se postergaban.

—A lo mejor cuando seas una famosa pintora me olvidarás —le decía a Rebeca, sin habernos rozado ni los dedos, evitando el mínimo contacto, reservándonos para el viaje. Muchas veces el vértigo me dominaba y me creía un caballero embalsamado que ya no tenía cuerpo ni cabeza, sólo una individualidad hecha juramentos. Mi larga abstinencia amorosa me hacía sentir así. Se agregaba que no era fácil compartir esa aventura sabiendo que el bailarín seguía a la caza del más mínimo de mis gestos. No obstante su promesa de no manifestarse, yo presentía que él acechaba el cuerpo de Rebeca cuando se desnudaba, cuando descubría su dragón, su cobertura de muslos, el vientre atrevido, sus pechos. Yo era yo y no era yo. Hasta un tic padecía ahora. A ratos me sorprendía golpeando la punta de mis pies contra el suelo, ejercitándome para un baile irrealizable.

En mi ambición no recordaba a mi hijo, a mis amigos, menos a Mariíta, a todos los que hicieron mi biografía o parte de mi biografía. Sí eran pródigas las remembranzas de mi niñez. Visitaba aquel pasado porque mi vida adulta se había convertido en un amuleto de suerte negra. También influía en ese estado el hecho de que Rebeca y yo apenas nos conocíamos. Como dos extraños aplazábamos las evidencias de seres prisioneros, reos que a las pocas horas del encuentro que suponíamos la apoteosis, tenían gastadas las evocaciones.

Otra de las controversias comenzó el jueves cuando Rebeca me dijo que jamás me enamorara de ella, «soy demasiado voluble». Rememoró a los primeros amantes que habían custodiado su adolescencia y que se esfumaban a la salida del sol. Santa no soy, me gusta realizarme en lo que nadie espera, mis atrevimientos no los imaginas: soy insensatez y gozo.

Su narrar me llenaba de percepciones indeseadas, no quería verla junto a nadie, mi cuerpo temblaba al imaginarla abrazada a otro. Por eso le hablé de los sueños que se brindan en la realidad como si fueran parte de un duermevela, o a lo mejor la vida es el sueño.

—Ninguno de mis amantes tuvo esa fantasía —me dijo ella para restituirnos otra vez a la intimidad. Por un instante pensé que Rebeca me quería. Ya digo que sólo por un instante, no fui tan necio como para preguntarlo. En su futuro habría infinitos encuentros como este, para mí era uno de los últimos, y por eso tendría que sacarle todo el provecho. Pero aquella tregua duró poco, porque de inmediato Rebeca volvió al paisaje sustantivo de sus andanzas, como si algo la moviera a replantearse esos amoríos en habitaciones que se alquilaban en cualquier rincón de la ciudad.

—Entonces, cuando fuimos a lo de Julián del Casal, yo era parte de un capítulo de lo mismo —dije.

—Sí y no —confirmó y negó ella.

Pensé que caminaba por un sendero que me conducía a la inexorable derrota. Rebeca no sería jamás para mí.

Imaginar un final distinto era una irresponsabilidad con mi destino. Pensar con previsión me obligaba a la desconfianza. En ese momento, me convencía de que Rebeca era una de esas tormentas que detienen sus maniobras antes de azotar una isla para luego acometer con mayor furia. Ella había escogido la relación con mi hijo como una tregua, pára estudiar en la academia de San Alejandro y luego, nuevamente, emprender vuelo hacia cualquier punto de su orografía aventurera. Casi nunca había hablado de su familia. Era una casquivana a quien nadie de los suyos quería. Así de duro la juzgaba. Estaba tan poco consciente, tan enrabiado por mis pasiones, que olvidaba su dolorosa experiencia cuando fue confinada a la OFICODA, la dolorosa experiencia cuando yo la observaba errar por la nocturna Habana. Súbito mi espíritu se movía de un estado a otro. Mi conciencia me interrogaba por segundos si Rebeca no había resistido todos esos embates por mí. Así, la ilusión me dominaba o me engañaba. Un día con Rebeca era reemprender el recorrido de miles de vidas y posibilidades. Un día junto a ella era el máximo enigma para mi atribulada alma.

—Si fuera posible vindicar lo eterno —le dije.

Ella parecía reconocer mis dudas, mis interrogantes, parecía reconocer que yo había entrado en un estado similar al de los hombres célibes. Yo sin dejar de persistir en defensa de cualquier olvido, tomando el pulso a las palabras como una radio abaratada por una sola estación en el dial, una radio que sólo puede escuchar los dictados de los papeles oficiales, noticias sobre imperios desvanecidos, noticias de mi pueblo natal, regreso al mismo compás, conmigo hablando nuevamente de sus mujeres de luto, de las tardes sin nadie en la calle, tardes de vientos repletos de una arena que eternamente cae sobre los tejados, en cada rincón aquella arena, como si el mar de ese pueblo fuera el desierto, tormentas de arena que no dejan respirar, que ponen sobre las lenguas de las comadres una espesa saliva de infidencias.

—¡Te dije que te seguiré a ese pueblo, de qué dudas, maldito hombre! —Rebeca se enfrentaba a mí con esa peroración, reprochándome las dudas que desconfiaban de su amor—. Eso no es posible, yo soy tuya porque te escogí para seguirte a la exactitud de tus nostalgias —se quejaba fervientemente—. Déjame libertad, Juan Tristá. Deja que mis sentimientos hablen, no te estoy avisando una maternidad indeseada o la muerte de uno de nuestros futuros hijos, sólo déjame hablar. No hay cuchillos en mis palabras.

Era jueves, por eso decidí no atormentarme más y le juré que no sería un obstáculo a su felicidad. Ese juramento era falso. ¿Pero qué podía hacer? Estaba enrumbado en un sino que no tendría vuelta atrás. Me hallaba poseído por el amor que jamás podía haber experimentado criatura alguna en este mundo. En ese instante estaba dispuesto a entregarme al destino del viaje, lugar en que hablaríamos el idioma del agua. Faltaba sólo el golpe de la madrugada para estar en el barco. Necesitaba tantas percepciones, que no hablé hasta la siguiente mañana de viernes. Me invadía el silencio de la felicidad.

10

EN CUALQUIER PARTE del mundo los puertos son idénticos. Los hay más ricos o más pobres, pero iguales. Rebeca está anudada a Juan o a Alejandro, es igual el nombre que él quiera llevar ahora. Ella teme que una fuerza sobrenatural los separe. Están en el viejo espigón al final del puerto, junto a la avenida de igual nombre, Avenida del Puerto, con ese tránsito incesante, ese rodar de camiones que dejan sus estelas de humo. Están frente a un mar negro, con los pájaros de mar también negros. No hay vida, sólo el espigón, los viejos remolcadores, y el barco no menos viejo que irá a N, que los llevará por los socavones del Canal Viejo de Bahamas, que pasará las rectas y curvas de un mar invisible.

Hay una larga fila para montar en el barco. El barco es igual a los paquebotes que usaba Martí en sus viajes por el mundo. Rebeca y Juan consiguen los boletos para el viaje a N, no ida y vuelta, sólo ida, y le pagaré más para que se compre algo útil, repite Juan ante el expedidor que extiende su mano para el soborno. Se ha perdido en ese minuto el tiempo del amor, el tiempo que sublima la novela.

—¿Cómo es N, es como lo cuentas o a lo mejor distinto? —pregunta Rebeca.

—Allí vive el dolor.

Ella se estrecha contra él y señala al muelle:

—Siempre la misma gente, los desesperados que no pudieron conquistar un lugar en este tren de mar —dice, y agrega de inmediato—: Muchos fueron mis sueños en los que vi a un hombre que me traía a un muelle igual a este y me regalaba un ramo de flores azules.

—Conmigo nunca tendrás flores azules y a lo mejor este barco deja de flotar en el viaje. ¿A cuánto te arriesgas? —le responde Juan con aire impúdico.

—A nada, soy joven, puedo equivocarme.

—Yo no puedo.

—Tienes una cabeza joven.

—Sí, pero no sé cuánto dure.

—La eternidad no existe, ni siquiera para mi juventud existe.

—¿Quién me avasallará primero: el látigo o el cuerpo?

Rebeca lo besa, le dice que no se queje más, y agrega:

—Sabes, haremos el amor en cubierta, esta noche, cuando todos duerman. Me permitirás hacerlo con otro cuando el tiempo pase y yo te lo pida, para luego, siempre, volver a tus brazos. Y tú tendrás amantes, para que tus sueños sigan vivos y yo pueda dibujarlos.

—Lo haré.

—Nunca cerrarás las ventanas cuando llueva, para vivir la tristeza de la lluvia.

—Yo pondré la lluvia en tu ventana, así siempre me ha gustado.

—Y cuando llegue la muerte, dentro de los ataúdes haremos de nuevo el amor.

Ella queda ensimismada.

—Me tragaré siempre lo tuyo, es la única forma de que el ritual dure.

—Y yo igual, para que nunca haya olvido.

Ella llora.

—Tu real cabeza se perdió...

—Es el látigo, qué hacer...

—Sin embargo el cuerpo tuyo está aquí, alrededor de tu figura hay algo.

—A lo mejor un niño.

—Sí, tan distinto.

—¿Qué hace el niño?

—Llora.

—Quizá es mi hijo, tu otro amante.

—Él llora hoy.

—Como mi padre cuando mi madre amaba a un joyero.

—Sin embargo —dice ella, lo vuelve a besar, él devuelve el beso—. Siempre quiero recordarte desnudo, dormido y desnudo, soñando...

Juan le levanta el vestido, ella no lleva ninguna prenda debajo. La ve como siempre la ha visto, desnuda.

—Me tocaré mucho para ti, sé que te gustará, sé que me mirarás sabiendo que soy tuya y a la vez mía, mi mano atraviesa los cordeles que me sostienen viva. Y si te lo pido —se acurruca contra Juan—, me matarás, pondrás una escopeta en mi pezón izquierdo, lo entrarás en el agujero del cañón y me matarás. Júralo, júralo.

—Sí, lo juro. Después de tu muerte me iré a la India, a contagiarme con la lepra, para que nadie, ninguna mujer me mire. Y sólo amaré una playa del Ganges, me reproduciré en una playa.

—Pedirás limosnas para mantenerme viva en una capilla con mi figura moldeada en porcelana —se entusiasma Rebeca.

—Pediré piastras, ¿se llaman piastras las monedas de la India?

Alguien grita. Han sacado la pasarela y el barco empieza a moverse, gira lentamente sobre sus ejes y enrumba hacia la boca de la bahía. Los enamorados van a cubierta, piensan en la duración de la vida, ya no ven las aguas sucias, es adorable, dice Rebeca. El viento trae el olor de los ahogados. La Habana se va desdibujando, se aleja. Es el viaje.

Ellos hicieron el amor durante siete días, porque el barco se perdió en la bruma y por siete días estuvo dando bandazos en el Canal Viejo de Bahamas, hicieron el amor en cubierta, unidos en un abrazo sin diálogos, sin gritos, con la silenciosa cadencia de esos enamorados que jamás han de separarse.

Ahora Rebeca mira el paisaje de entrada a la bahía de N. Un caserío rodeado de palmerales los recibe. El faro está apagado, es de día. El canal muestra una diáspora de color verde pálido, como si el manglar hubiera perdido las fuentes nutricias. El palmeral es lo único vivo, y así lo dice él junto al cuello de Rebeca:

—Me gustaría vivir en la boca de esta bahía, en una de esas casitas, estar a solas contigo y que nadie venga, que sea la casa de los dos, pintarla de azul, como la de mis padres, y creer en Dios, eso, tengo necesidad de creer en Dios. Me dibujarás ahogado, en un fondo de corales, con los ojos abiertos.

—Ahí viene un paquebote —señala ella la distancia del canal.

Es un paquebote idéntico, tan idéntico al barco en que ellos viajan que asusta.

—Esta es una imagen de otro tiempo —dice Rebeca—, una imagen que se repite en la largura del canal para asegurar que cada mañana el paquebote recorre ese tiempo de la memoria.

—No sé —dice triste él, muy triste.

—Yo querría saber cómo acaba esta historia.

—Te dije que no tiene fin, por eso somos libres.

—¿Otros podrían continuarla?

—Es posible, pero si la continúan sí tiene fin. Puede ocurrir la muerte del héroe, yo —se aflige Juan—, o el casamiento de la heroína con el héroe, o que aparezca un nuevo amante.

—¡Mira! —se entusiasma Rebeca—, ya se ve N, tu pueblo, tiene una sombra de arena sobre él.

—No te engañes, falta su buena hora para llegar.

—Parece un pueblo triste.

—Sí, es muy triste, no sé si lo resistirás.

ÍNDICE